세계를
품기 위해
꿈의 나래를 펼치렴

세계를 품기 위해 꿈의 나래를 펼치렴

초판 1쇄 인쇄	2014년 12월 22일
초판 1쇄 발행	2014년 12월 29일

지은이	김 재 한		
엮은이	박 영 주		
펴낸이	손 형 국		
펴낸곳	(주)북랩		
편집인	선일영	편집	이소현, 김진주, 이탄석, 김아름
디자인	이현수, 신혜림, 김루리	제작	박기성, 황동현, 구성우
마케팅	김회란, 이희정		
출판등록	2004. 12. 1(제2012-000051호)		
주소	서울시 금천구 가산디지털 1로 168, 우림라이온스밸리 B동 B113, 114호		
홈페이지	www.book.co.kr		
전화번호	(02)2026-5777	팩스	(02)2026-5747

ISBN   979-11-5585-456-3 03810(종이책)   979-11-5585-457-0 05810(전자책)

이 도서의 국립중앙도서관 출판예정도서목록(CIP)은 서지정보유통지원시스템 홈페이지(http://seoji.nl.go.kr)와
국가자료공동목록시스템(http://www.nl.go.kr/kolisnet)에서 이용하실 수 있습니다.
(CIP제어번호 : CIP2014037320)

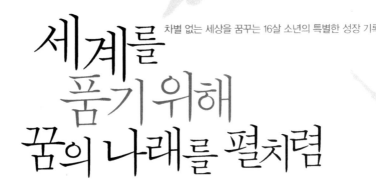

차별 없는 세상을 꿈꾸는 16살 소년의 특별한 성장 기록

세계를
품기 위해
꿈의 나래를 펼치렴

김재한 지음 · 박영주 엮음

북랩 book Lab

재한이를 세상 밖으로 보내며

1996년 8월 6일 아침 9시, 한여름 중턱에 첫째 아들 경덕이를 출산했습니다. 아기를 낳는 고통이 너무 심했던 나머지 아기를 볼 기력조차 없었습니다.

그래서 경덕이가 폐 기능이 미숙하게 태어나 숨조차 쉬지 못한 채 사경을 헤매고 있었다는 사실을 밤 12시에나 알게 되었습니다. 경덕이는 곧바로 서산의료원 인큐베이터에 들어 갔고, 나는 산후 조리도 못 한 채 매일 경덕이를 보려고 병원 응급실로 찾아가야 했습니다.

인큐베이터에서 가쁘게 숨을 쉬고 있는 경덕이를 보면서 차라리 경덕이가 하늘나라로 갔으면 하는 마음으로 기도하는 눈물의 나날을 보냈습니다. 다행히 경덕이는 우리 부부의 품으로 돌아왔습니다. 하지만 나의 잘못으로 우리 경덕이가 평생 장애로 살아야한다는 죄책감에 둘째는 낳지 않고 경덕이만을 위해 살려고 했습니다.

그런데 하나님의 선물로 재한이가 1999년 12월 25일 우리 가족의 품으로 들어왔습니다. 나는 건강한 재한이가 경덕이를 지켜 주리라는 확신으로 어린 재한이에게 형을 잘 보살펴야 한다고 항상 가르쳤습니다.

5살짜리 꼬마 재한이는 어느 날 내게 물었습니다.

"엄마! 나는 형님을 돌보기 위해 태어난 수호천사예요?"

나는 심장이 멈춰 버리는 것 같았습니다.

어린 재한이가 얼마나 마음이 무거웠을까?

"아니야~ 재한이 자체로 아주 소중해~ 형님 걱정 말고 재한이가 하고 싶은 공부 마음껏 하고, 가고 싶은 곳도 얼마든 가도 돼. 형님은 엄마가 지켜줄게……"

어린 재한이를 품에 안고 참 많이 울었습니다.

하지만 직장생활로 늘 바빴던 나는 어린 재한이 손에 경덕이를 맡길 수밖에 없었습니다. 재한이는 형과 함께 다니기 위해 경덕이가 다니는 초등학교 병설유치원을 선택했고, 초등학교를 다니는 내내 경덕이의 손을 꼭 잡고 다녔습니다.

이제 경덕이를 위해 늘 마음 졸이고, 형을 보살피느라 자신의 날개를 펼치지 못했던 재한이에게 날개를 달아 주려

합니다.

재한아! 사랑한다.

이제 세계를 품기 위해 꿈의 나래를 펼치렴…….

2014년 12월

재한이를 사랑하는 엄마가

「TV동화 행복한 세상」 속 재한이와 경덕이

차례

5장
재한이의 열정

에필로그:

재한이가 OHCHR 인권전문가가 되기 위해 진로를 설계하고 용인한국외국어대학교부설고등학교 국제과 진학을 위해 준비한 자료를 담았습니다.

1장

재한이의 꿈

공주의료원 환우음악회

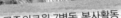

공주의료원 7병동 봉사활동

소망공동체 고구마감사축제

워싱턴 대학교 광장에서

아빠와 함께한 유럽 여행

소망공동체에서의 크리스마스

꾸지나무골 여름캠프

시애틀 가족여행

형님과 함께 바닷가에서

행복한 우리 가족

영국 타워 브리지를 배경으로

마시멜로우 봉사단

OHCHR로 향하는
나의 꿈! 나의 열정! ⭐

I. 자신을 이해하기

형님은 화성에서 온 어린 왕자!

나에게는 3살 위의 형님이 한 명 있다. 우리 형님은 뇌병변 장애 1급으로 말도 잘 못하고 글자도 모르고 길도 모른다. 이런 형님을 이해하지 못할 때 엄마는 내게 이렇게 말씀하셨다.

"재한아! 형님은 화성에서 와서 말도 잘 못하고 우리 글자와 길을 잘 몰라! 그러니까 재한이가 형님을 잘 보살펴 줘야 해!"

어린 나는 정말 엄마의 말씀을 진짜로 믿었고 형님의 주위에서 항상 보살피며 형님을 데리고 학교에 가서 교실에 데려다 주고 수업이 끝나면 집까지 데리고 왔다.

쉬는 시간만 되면 형님은 나를 보러 우리 교실까지 느린 걸음으로 찾아오곤 했다. "재한아, 형님 오셨다." 하며 형님을 좋아하는 아이들도 있었지만 우리 형님을 무슨 외계인 보듯 놀리고 비웃는 아이들이 있었다.

그런 일이 있을 때마다 선생님에게 말씀드렸고, 어린 나에게는 '내가 보기엔 모두 똑같은 사람일 뿐인데, 애들은 왜 형님을 다르다고 놀리고 차별할까?'라는 생각이 들게 하였다.

더 넓은 세계로 여행을 떠나다!

초등학교 6학년, 나는 솔브릿지대학교 영어대회에 참가한 것이 기회가 되어 2012년 2월 말에 7박 9일간의 아이비리그 탐방, 미국 동부 문화 체험을 하게 되었다.

그중에서도 내게 가장 기억이 남는 곳은 뉴욕에 소재한 United Nations, 국제연합본부였다.

하버드, 프린스턴, 컬럼비아, 예일, 다트머스 등 아이비리

그 탐방을 하고, UN본부에 가게 되었다. 일반 관광객에게 공개된 공간은 적었지만, 내가 그곳에 서 있다는 생각만으로도 뛰는 가슴을 주체할 수 없었다. 역대 사무총장들의 사진을 전시해 놓은 곳에 반기문 UN 사무총장님의 사진이 있었다.

그 사진 앞에서 나는 꼭 UN에 들어가서 우리 형님처럼 차별받고 무시당하는 사람들의 권리를 위해 일하는 외교관이 되겠다는 꿈을 세울 수 있었다.

나는 무엇을 잘할까?

사람들이 나에게 가장 잘할 수 있는 것이 무엇이냐고 물어보면 나는 당당하게 '언어능력'이라고 대답할 수 있다. 책을 읽는 것도 좋아하고, 새로운 언어를 배우는 것도 좋아한다. 영어도 초등학교 3학년 때부터 꾸준히 해 지금은 텝스 성적이 780점이 넘는다.

막연하게 나는 언어능력이 뛰어나다는 것을 알았지만, 진로 시간에 선생님의 권유로 해 본 직업적성검사와 다중지능검사에서도 언어능력이 다른 능력에 비해 월등히 높게 나왔다.

나는 내가 잘하고 좋아하는 언어능력을 통하여 사람과

사람을 소통시켜 주는 사람, 마음의 다리를 놓아 주는 사람, 소외된 사람들의 대변인이 되고 싶다.

II. 직업 정보 탐색하기

UN의 구조 파헤치기!

지피지기면 백전백승이라, UN에 대해 미리 공부해 놓고 준비하면 더욱 꿈에 가까워질 수 있을 것 같아 UN에 대해 조사해 보았다.

United Nations, 국제 연합은 전쟁 방지와 평화 유지를 위해 설립된 국제기구이다. 활동은 크게 평화유지활동·군비축소활동·국제협력활동으로 나뉘며, 주요기구·보조기구·전문기구로 구성되어 있다.

주요기구에는 총회·안전보장이사회·경제사회이사회·신탁통치이사회·국제사법재판소·사무국이 있다. 보조기구는 총회 및 이사회 산하에 설치된 기구를, 전문기구는 국제연합 산하기관은 아니지만 경제사회이사회와의 협정을 통해 각 전문분야에서 정부 간 협력을 증진할 목적으로 설립된 기구를 포함한다.

UN 대표기구	
주요기구	총회, 안전보장이사회, 경제사회이사회, 신탁통치이사회, 국제사법재판소
사무국	뉴욕 본부, 유엔제네바사무국(UNOG), 유엔나이로비사무국(UNON), 유엔비엔나사무국(UNOV)
보조기구	국제무역센터(ITC), 유엔난민고등판무관실(UNHCR), 유엔아동기금(UNICEF), 유엔무역개발회의(UNCTAD), 유엔개발계획(UNDP), 유엔자본개발기금(UNCDF), 유엔봉사단(UNV), 유엔마약범죄사무소(UNODC), 유엔환경계획(UNEP), 유엔인간정주계획(UN-HABITAT), 유엔인구기금(UNFPA), 유엔팔레스타인난민구호기구(UNRWA), 세계식량계획(WFP)·유엔군축연구소(UNIDIR), 유엔훈련조사연구소 (UNITAR), 유엔인권최고대표사무소(OHCHR), 국제컴퓨터센터(ICC), 유엔에이즈프로그램(UNAIDS), 유엔연구사무소(UNOPS), 유엔참모양성학교(UNSSC), 유엔대학(UNU), 유엔여성기구(UN Women), 유엔지역간범죄처벌조사기관(UNICRI)
전문기구	유엔식량농업기구(FAO), 국제민간항공기구(ICAO), 국제농업개발기금(IFAD), 국제노동기구(ILO), 국제해사기구(IMO), 국제통화기금(IMF), 국제전기통신연합(ITU), 유엔교육과학문화기구(UNESCO), 유엔산업개발기구(UNIDO), 만국우편연합(UPU), 세계은행그룹(World Bank Group), 국제부흥개발은행(IBRD), 국제투자분쟁해결기구(ICSID), 국제개발협회(IDA), 국제금융공사(IFC), 국제투자보증기구(MIGA), 세계보건기구(WHO), 세계지적재산권기구(WIPO), 세계기상기구(WMO), 유엔세계관광기구(UNWTO), 국제원자력기구(IAEA), 포괄적핵실험금지기구(CTBTO), 화학무기금지기구(OPCW), 세계무역기구(WTO), 국제협력을위한유엔기금(UNFIP)

외교관은?

나는 외교관이 되어 UN에 들어가겠다는 계획을 세웠고 외교관에 대해 검색해 보았다.

*외교관이란 본국을 대표하여 외국에 파견되어 외국과의 교섭을 통해 정치, 경제, 상업적 이익을 보호, 증진을 추구하며 해외동포와 해외여행을 하는 자국민을 보호한다. 외교관은 뛰어난 외국어 구사능력과 분석적 사고 능력, 판단력, 의사결정능력이 있어야 한다.

*외교관, 커리어넷 직업정보, http://www.career.go.kr

국제연합 인권최고대표사무소(OHCHR)

UN의 많고 많은 산하기구 중에서 내가 가장 관심 있는 것은 국제연합 인권최고대표사무소(OHCHR)이다. OHCHR은 전체적인 UN의 인권에 관한 일을 다룬다.

**국제연합 인권최고대표사무소(OHCHR, Office of the United Nations High Commissioner for Human Rights)는 1993년 6월 오스트리아 빈에서 열린 세계인권회의(World Conference on Human Rights)에서 권고되어 설립되었다. 1993년 12월 제48차 총회에서 채택된 결의 제A/RES/48/141호에 의거해 사무차장급의 국제연합 인권최고대표직을 신설했다. 사무국은 스위스 제네바에 있다. 인권 활동을 증진시키고 조정하며, 심각한 인권침해에 대처하고, 인권 보호를 위한 예방 조치를 실시한다. 인권교육, 자문, 기술협력, 인권관련기구의 활동을 지원한다.

**국제연합 인권최고대표사무소, 네이버 지식백과,
http://terms.naver.com/entry.nhn?docId=1397791

Ⅲ. 삶의 목표 정하기

UN은 인류를 천국으로 이끌기 위해서가 아니라, 지옥에서 구출시키기 위해 존재한다!

다그 함마르셸드 제 2대 UN 사무총장은 "UN은 인류를 천국으로 이끌기 위해서가 아니라, 지옥에서 구출시키기 위해 존재한다."라는 말을 했다. 나는 외교관이라는 꿈을 가진 이후로 항상 나의 도움을 필요로 하는 사람들을 도우며, '나는 높은 자리에 있는 사람이니까'라고 자만하지 않고 항상 그들의 눈에 맞춰 이야기하고 친구가 되어 줄 수 있는 외교관이 되는 것을 상상해 왔다. 그리고 OHCHR이라는 정확한 목표가 생기면서 나의 목표도 더 구체적으로 바뀌었다.

나는 단순히 사무국에서 사무직으로 일하고 싶지 않다. 사람은 경험해 보지 않으면 아무것도 알 수 없다고 생각한다. 높은 자리에서 계획을 세우는 것도 자신이 직접 현장에서 경험을 해 보고 발로 뛰고 나서야 잘할 수 있다고 생각한다. 따라서 나는 처음에는 현장에서 직접 경험해 볼 것이다.

나는 이제 단순히 '내가 잘하는 영어 및 언어와 대화 능력을 사용해서 인류와 국가에 봉사하고 싶음'이라고 말하지 않고, '이 세계의 모든 인권을 보장받고 있지 못하는 사람들을 위해 헌신하고, 봉사하고 싶음'이라고 말할 수 있다. 인권은 UN이 가장 중요하게 생각하는 것들 중에 하나이다.

Ⅳ. 진로의 구체적 계획 세우기

단계		내용
고등학교	국제고등학교	국제적인 감각을 키우기 위한 기초 공부
대학교	한국외국어대학교 아너스쿨 랭귀지 & 디플로머시	외무고시 폐지와 외교 아카데미 신설에 따른 한국외국어대학교의 신설 학부
군대	KATUSA	주한 미군과 같이 군 생활을 하는 것으로, 회화 영어의 실력 신장
대학원	스탠포드 대학원 진학	인권 석사학위 취득
JPO	국제기구 초급 전문가	국가의 비용 부담 하에 유엔 및 관련 국제기구의 사무국에 수습 직원으로 파견되어 정규 직원과 동등한 조건으로 실제 근무
외교아카데미	외교부 활동	외교관이 되기 위해 아카데미에서 활동함

『언어능력 키우기』 프로젝트

외교관은 총 대신 말로 싸우는 군인이라고 한다. 잘못 말한 한마디와 잘 말한 한마디로 국제 정세가 뒤바뀌기 때문이다. 그만큼 뛰어난 외국어 구사 능력을 필요로 하는데, UN에서는 UN공용어에서 최소 2개 국어를 필요로 한다. 현재 내 TEPS 점수가 787점인데, 고등학교 1학년까지 점수를 900점대로 끌어올리겠다.

고등학교에서 UN에서 영어 다음으로 많이 쓰는 프랑스어를 공부하고, 대학교에서 프랑스어를 실용 회화 수준까지 공부, 스페인어도 공부를 시작해 외교 아카데미에 들어갈 때까진 적어도 영어, 프랑스어, 스페인어를 하겠다.

『세상을 바로 보는 눈 키우기』 프로젝트

UN도, OHCHR도 단순히 한 나라를 위한 것이 아닌, 전 인류, 전 세계를 대상으로 하는 기구들이다. 따라서, 그곳에서 일하는 사람들은 세상을 볼 수 있는 눈이 필요하다.

그런 안목을 기를 수 있는 방법에는 무엇이 있을까? 나는 한참을 고민하다 좋은 생각이 떠올랐다.

CNN이나 BBC 같은 외국 뉴스를 보면 된다. 뉴스는 원래 현재 일어나고 있는 사건들을 다루는 것이고, 한국 뉴스에 국제 이야기는 별로 안 나오니 국제적인 이야기를 많이 다루는 외국 뉴스를 시청하면 된다. 영어 공부는 덤으로 될 것이다.

『다양한 분야의 인권 공부하기』 프로젝트

UN의 한 기구에서 일을 하기 위해서는 적어도 관련된 분야의 석사 이상의 학위와 2년 이상의 경험을 필요로 한다. 내가 목표로 하는 OHCHR은 인권 단체이기 때문에 인권과 관련된 것을 필요로 할 것이다.

올해 나는 영재 산출물 대회 국제 부문에서 헤이그국제아동입양협약에 관련된 인권 주제를 탐구하고 있다. 또, 앞으로는 영어로만 되어 있는 OHCHR의 홈페이지를 한국어로 번역하면서 인권의 문제에 대해 공부할 것이다.

유니세프 같은 곳은 한국 사이트도 있는데, OHCHR은 한국에서 그다지 잘 알려지지 않았으니 한국 사이트도 없고, 한국어 번역도 없다. 내가 번역을 하면 그 사이트에 등

재된 인권과 관련된 소식이나 정보도 접할 수 있을 것이고, 자연스럽게 인권에 관한 공부가 될 것이다. 또, 대학원도 인권에 관련된 것으로 인권 관련 분야에 석사학위 이상을 취득할 것이다.

V. 나의 각오

나는 언제부터 외교관이 되어야겠다고 꿈을 꿔 왔는지 정확히 모른다. 영어공부를 시작했을 때부터인가? 어쩌면 아주 어릴 때부터 그랬을지도 모른다. 우리 집은 공주시 옥룡동의 한 작은 골목길에 있다. 그 골목길에는 그리 많지 않은 수의 주택들이 모여 있는데, 그래서인지 우리 골목의 주민들은 모두 가족처럼 지낸다. 먹을 것이 있으면 나누고, 기쁜 일이 있으면 같이 기뻐해 준다. 나도 동네 할머니들의 사랑 속에서 이렇게 자랐다. 그러다 보니 사람을 만나는 것도 좋아한다. 그때부터 이렇게 소소한 것에도 좋아하고 새로운 사람을 만나서 서로 친구가 되는 일에 대한 꿈을 꿨는지도 모른다. 그리고 봉사활동을 시작하면서 나보다 힘든 사람을 돕겠다는 생각을 하게 된 것이다.

이 세상에 어느 누구도 처음부터 확실한 꿈이 정해져 있다고 생각하지는 않는다. 사람은 인생을 살면서 꿈이 바뀌기 마련이다.

진로 선생님하고 고등학교 및 직업 관련 상담을 했을 때, 진로 선생님께선 나에게 "재한이는 지금 이미 모든 것이 준비되어 있으니까, 어디로 가야하는지 고민할 필요는 없어, 지금처럼만 꾸준하고 열심히 한다면 언젠가는 가장 정확한 길을 찾을 것이고 그 길을 걸으면 되는 거야."라고 말씀해 주셨다.

그 순간 'No Pain, No Gain'이라는 내 좌우명이 떠올랐다. 생각해 보니 그동안 내가 잘하게 된 분야들은 모두 엄청나게 힘든 것을 이겨내고 나서야 익숙해지게 된 것이다. 영어도, 처음에는 너무나 어려워서 거의 매일 밤새워 숙제를 하곤 했었다. 그렇게 생각하니 그때 내가 했던 고민도 다 OHCHR이라는 좋은 Gain을 위한 Pain이었던 것이다.

이번 진로설계콘테스트를 계기로 나의 꿈은 명확해졌다. 그리고 그 꿈에 대한 공부도 많이 하게 되었다.

이제 그 꿈을 위해 열심히, 성실히 그리고 즐겁게 공부하고자 한다.

자기소개서

(용인외대부고 국제과)

    선생님들께서 나의 수업태도를 '교장 선생님께서 지켜보고 있는 것 같다.'라고 말씀하실 정도로 선생님 말씀에 집중하며 하나라도 놓치지 않으려고 노력했다. 하지만 수업 내용만으로 내가 알고 싶은 지식을 채울 수 없어 구글링을 통한 자료 검색으로 심화 공부를 했다. 영어 실력을 기르기 위해 주제가 있는 에세이를 지속적으로 썼으며, 동학농민운동, 계유정난 등의 이야기를 대본으로 만들어 친구들과 함께 연극 활동도 했다. 또한 수학 심화 수업 중 어려운 문제가 생기면 전문서적을 찾아 여러 방식의 문제 풀이를 통해 해결하면서 아무리 어려운 문제도 노력하면 된다는 것을 깨달았다. 수업시간에 지식채널-e에 나오는 해외입양 동영상을 보고 인권에 대해 관심을 갖게 되었다. 우리나라는 2013년 헤이그 국제아동입양협약에 가입하여 입양아의 권익을 보호하고 있다는 것, 그리고 홀트아동복지회와 adoptkorea.com 같은 사이트를 통해 국내외 입양 추이에 대해서도 알게 되었다.

이 활동을 통해 입양아의 인권, 더 나아가 아동 인권에 대해 알았고 좀 더 깊게 인권에 대해 공부하고 싶었다. 그러던 중 진로 시간에 국제연합 인권최고대표사무소(OHCHR)에 대해 접하게 되었다. OHCHR은 제네바에 있으며 프랑스어를 사용한다는 것을 알고, 인터넷을 통해 독학으로 프랑스어를 공부하고 있으며 기초적인 문장 정도를 구사할 수 있게 되었다. 외대부고 국제과정에 입학하면 프랑스어를 더 체계적으로 배워 자유롭게 구사하고 싶고 인권동아리에 가입하여 친구들과 함께 세계의 인권에 대해 함께 고민하고 공부하며 OHCHR 인권전문가가 되고 싶다. 지난겨울 아버지와 단 둘이 유럽 배낭여행을 떠났다. 직장 일에 바빴던 아버지 대신 모든 여행 계획을 세웠지만 독어, 불어, 이태리어의 언어 소통과 여행지를 찾아다니는 것이 매우 어려웠다. 만약 유럽에서 서로 헤어졌다면 나는 거지가 되고 아버지는 미아가 됐을 것이다. 5개국 15일의 배낭여행은 정신적, 육체적으로 매우 힘들었지만 스스로 모든 것을 해결해 냈다는 성취감과 자신감을 갖게 해 주었다.

나에게는 장애 1급의 형이 있다. 형을 위해 우리 가족은 장애인생활시설로 8년 동안 꾸준히 봉사를 다니고 있다.

백제문화제 함께 즐기기 봉사활동을
함께한 우리 가족

처음에는 준비해 간 선물을 나누는 정도였지만 지금은 함께 명절을 보내고 캠프도 다니는 가족이 되었다. 중학교 입학 후 음악봉사단에 가입, 지금은 단장이 되어 단원들과 함께 연주 프로그램을 만들고 리코더 합주를 통해 봉사활동을 하고 있다. 후배들과 친구들이 점심 연습에 잘 참여하지 않아 힘든 점도 많았다. 하지만 악보 보는 법, 텅잉주법, 파트 간의 화성 등을 가르쳐 연주를 완성시켰다. 단원들과 봉사 연주를 가면 우리의 부족한 연주에 맞춰 춤을 추고, 박수를 쳐 주는 분들의 모습에서 나눔의 진정한 의미를 깨달았다. 외대부고에 입학하면 기숙사생활, 프로젝트형 수업 등을 통해 얻는 것도 많겠지만 어려움도 많을 것이라 생각된다. 하지만 배낭여행을 통해 얻은 자신감과 친구들과 함께 음악봉사를 통해 배운 팀워크로 모든 것을 극복하여 나의 꿈을 꼭 이루고 싶다.

교사추천서

(봉황중학교 송인미 선생님)

김재한 학생은 수업시간에 급우들을 배려하여 교사의 질문에 즉각 대답을 하지 않고 급우들이 수업에 참여하도록 분위기를 잘 이끌어가며, 특히 프로젝트 수업에서 본인이 다 준비하고도 다른 친구들에게 발표의 기회를 주는 사려 깊은 학생입니다.

장래 UN에서 인권보호 관련 일을 하고 싶어 하는 그에게 봉사는 삶이자 생활입니다. 어려서부터 가족과 함께 장애인거주시설에 주 1회 정기적으로 다니고 있으며 봉황음악봉사단 단장으로 3년간 봉사활동을 실천하고 있습니다.

2012년, 전교생에게 영어에세이 과제를 낸 적이 있는데 지금까지도 본교원어민교사와 메일을 통해 꾸준히 자신의 영어쓰기 능력을 키우고 있는 유일한 학생으로 스토리텔링 대회에서 영어대본쓰기, 연습, 의상, 연출, 감독까지 도맡아 준비하며 친구들을 이끌고 독려하는 협력의 카리스마가 돋보이는 학생입니다.

　1, 2학년 반장, 3학년 총학생회 부회장으로 타인을 먼저 생각하고 양보하며, 매사에 솔선수범하며 리더십이 뛰어납니다. 내가 교직생활에서 만난 최고의 학생으로 김재한 학생이 반드시 국제과에 합격하기를 바라는 간절한 마음으로 추천합니다.

2장

재한이의 사랑

재한이가 사랑하는 형님, 할아버지, 선생님, 그리고 소망공동체 식구들의 소중한 사랑을 담았습니다.

형님의 흙 묻은 신발 ✫

나에게는 화성火星에서 온 형님이 한 명 있다. 우리 형님은 나보다 3살이나 많지만 공주정명학교 중학부 2학년을 다니고 있다.

나는 말을 배우기 시작했을 때부터 형을 형님이라고 부르기 시작했다. 그 이유는 형님이 정신지체 장애를 갖고 태어나 혹시 내가 형님을 무시할까 봐 할아버지께서 내가 말을 배우기 시작할 때부터 '형님! 형님!' 이렇게 가르치셨던 것이다.

그럼 우리 형님은 왜! 화성에서 왔을까??

내가 어렸을 적 엄마에게 이런 질문을 하였다고 한다.

"엄마! 형님은 왜 말을 못 해? 형님은 왜 글자를 몰라?"

나의 질문에 엄마는 어린 나에게 이렇게 말씀하셨다.

"재한아! 형님은 화성에서 온 어린왕자라서 우리말과 글을 잘 몰라! 그래서 길도 잘 모르니까 재한이가 잘 보살펴 주어야 해!"

나는 어렸을 때 정말 엄마의 말을 믿고 유치원 때부터 형님의 보디가드가 되어 화성에서 온 어린왕자를 챙겼다.

중학교 음악 선생님이신 엄마는 형님을 위해 사회복지대학원도 다니시고 음악으로 많은 봉사를 하고 계신다.

특히 장애인들이 살고 있는 소망공동체에는 8년째 봉사를 다니시는데 엄마는 형님이 좀 더 커서 학교를 다닐 수 없을 때가 되면 형님과 함께 소망공동체에서 봉사를 하면서 살겠다고 말씀하셨다.

우리 가족은 매주 목요일 저녁에 소망공동체에 가서 사물놀이를 가르치고 추석과 설날 같은 명절에도 장애인 식구와 함께 보낸다.

여름방학이 되면 소망공동체 식구들과 봉사자들이 바다로 2박 3일 캠프를 간다.

나는 지난해 처음으로 소망공동체 여름캠프에 가족과 함께 참가하였다. 소망공동체에서 식구들과 봉사자분들 150명 정도가 3대의 관광버스를 나누어 타고 태안에 있는 꾸지나무골 해수욕장으로 캠프를 떠났다.

3시간 정도 달려 도착한 곳은 바닷가라고는 상상할 수 없을 정도로 숲이 우거진 곳이었다.

점심을 먹고 방 배정을 받은 후 바닷가로 갈 준비를 했다. 우거진 숲을 뒤로한 바다는 너무나도 아름다웠다.

낮에는 바다에서 놀고 밤이 되자 찬양집회를 했다. 나로서는 처음 해 보는 것이어서 노래들이 낯설고 어색했다. 하지만 앞으로 나가서 율동을 따라 하다 보니 종교의 벽을 뛰어넘고 함께 즐길 수 있는 시간이 되었다.

이번 캠프에서 나는 봉사자로 참가했고 내 장애인 짝꿍은 나보다 3살 많은 우리 형님이 배정되었다.

형님은 정신지체 장애인이고 발도 평발이어서 나나 다른 아이들보다 행동하는 것이 많이 느리다. 그래서 나는 형님과 내가 짝이라고 했을 때 형님을 가장 잘 아는 내가 돌봐줄 수 있어서 다행이라고 생각했지만 한편으로는 걱정되기도 하였다.

내가 걱정했던 대로, 조별끼리 모여서 장기자랑 연습하기로 한 시간이 지났는데도 형님이 움직이기를 싫어했다. 형님은 느리기도 하지만 캠프에 참가하려는 적극성도 별로 없었던 것이다.

"형님 빨리 가자! 우리 장기자랑 연습에 늦었단 말이야."

"싫~~~어! 재한아! 나 그냥 여기에 있을래, 다리 아파! 계단 싫어!!" 하면서 형님은 징징거리며 어리광을 부리기 시작했다.

"형님 괜찮아! 계단 높지도 않은데 뭘, 내가 도와줄게. 빨리 가자!"

나는 장기자랑 연습에 참여하고 싶은 마음에 형님을 재촉했다.

"싫어, 싫어!! 그냥 나랑 여기서 놀자!"

"그럼 난 형님 신발 갖다 버린다? 어차피 형님 움직이지도 않는데 뭘… 형님 신발 필요 없잖아!"

난 순간적으로 너무 화가 났다. 형님이 밉기도 했다. 그래서 진짜로 형님 신발을 들고 숲에다 버린 후 그 자리에 주저앉아 울고 말았다.

우연히 지나가다가 나를 보신 정연일 선생님께서 내가 형님의 봉사자로 이곳에 와 있는데 형님을 이해해 주어야지 오히려 짜증을 내면 어떻게 하냐고 나를 위로해 주셨다.

선생님의 말씀을 듣고 보니 내가 봉사자로서 조금 부족했던 것 같았고 형님에게 미안했다. 그리고 형님에게 좀 더 이해심을 가지고 다가가겠다고 다짐했다.

다시 형님의 신발을 주워 흙을 닦고 형님에게 갔다.

"형님, 신발 버려서 미안해. 신겨 줄게."

"재한아! 울지 마. 미안해"

형님이 내 눈물을 닦아 주었다.

"그래, 형님 고마워. 우리 위에 올라가는 거다?"

형님과 나는 화해를 했고, 형님은 신발을 신고 같이 계단을 올라갔다.

저녁이 되어 캠프의 하이라이트 조별 장기자랑 시간이 되었다.

우리 조는 소망 올림픽을 했는데 나와 형님은 종목 소개에서 스키점프를 하고 대회에서는 서로 부축해 주며 공동 우승을 하는 마라톤 선수 역할을 했다.

다른 조들도 모두 열심히 해서 즐거운 밤이 되었다.

장기자랑이 끝난 후 봉사자들끼리 만남의 시간을 가졌는데 소망캠프의 역사도 보고 롤링페이퍼도 썼다. 봉사자 분들은 대부분 내가 어려도 형님을 잘 챙겨서 정말 기특하다고 칭찬해 주셨다. 그런 롤링페이퍼를 읽고 나는 내가 형님에게 했던 일이 더욱 미안해졌고, 다시 한 번 형님에게 더 잘해 주겠다고 다짐하게 되었다.

마지막 날 아침, 산책을 하고 짝꿍에게 편지를 쓰는 시간을 가졌다. 나는 형님에게 짜증을 내서 미안하다고 편지를 썼다. 비록 큰 글씨로 3줄 정도밖에 되지 않는 짧은 편지지만, 그 편지로 인해 나의 미안한 마음은 거의 사라지게 되었고, 형님이 글씨를 읽지 못하더라도 나의 진심이 전해졌으면 좋겠다고 생각을 했다.

2박 3일간의 캠프를 끝나고 우리는 공주로 돌아왔다.

캠프를 다녀와서 장애인들이 그런 바닷가에 혼자 가기 어려운데 봉사자들이 자신들의 휴가를 반납하면서 봉사를 한다는 것에 큰 감동을 받았고 진정한 나눔이 무엇인지도 깨닫게 되었다. 무엇보다 내가 이번 캠프를 가서 얻은 가장 귀중한 것은 형님으로 인해서 나의 마음이 한층 더 성장했다는 것과 형님에게 더욱 이해심을 가지고 다가갈 수 있게 되었다는 것이다.

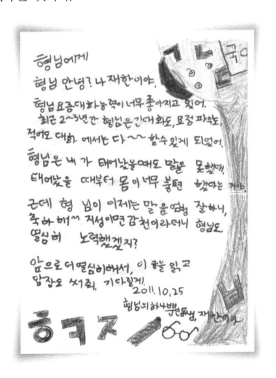

65년 만에 가 본 영화관 ✧

"할아버지! 영화 보러 갔다 올게요! 오늘은 엄마도 함께 갈 거예요!"

우리 가족은 영화를 즐겨 본다. 그날도, 올해 개봉한 영화를 보러 가기로 했다. 항상 바빠서 같이 못 가시던 어머니도 오랜만에 시간이 된다고 하셔서 마음이 들뜬 나는 할아버지께 말씀을 드리려 2층으로 올라갔다.

우리 집은 2층 주택인데, 1층에는 아버지, 어머니, 형님과 내가 살고 있고, 2층에는 할아버지께서 계신다. 그래서 혹여나 우리가 나가 있을 때 할아버지께서 찾지 않으시도록 외출할 때에는 항상 할아버지에게 인사를 드리고 나온다.

그런데 그날은 인사를 드리고 나오려는 순간 할아버지께서 "그래? 영화를 보러 가자구? 그럼 가 볼까!" 라고 말씀하시고 옷을 챙겨 입으셨다. 할아버지의 말씀에 적잖이 당황한 나는 다시 1층으로 내려왔다. 그리고 어머니한테 할아버지께서 같이 가자고 한 걸로 잘못 알아들으신 것 같다고 말씀드렸다. 그 영화는 한참 인기가 좋았고 이미 4개 좌석만 예매한 상태라서 더 구입할 수도 없었다. 아버지께선

3D 영화를 보러 가는데 3D를 처음 보시는 할아버지는 어지럽지 않으실까 걱정을 하셨다.

"재한아! 할아버지 모시고 갔다 와~ 엄마가 안 갈게."

결국 어머니께서 안 가시고, 나와 아버지는 걱정스러운 마음으로 할아버지를 모시고 영화관에 갔다. 할리우드 액션 영화였고, 게다가 3D였기에 더욱 걱정스러웠지만, 또 좋은 추억이 될 수도 있다는 생각을 하였다.

저녁 식사도 못 하신 할아버지를 위해 영화를 보면서 먹을 팝콘과 음료를 사서 드렸지만 할아버지께서는 그런 것을 먹으면 소화가 잘 안 된다고 거절하셨다. 영화가 시작되고 금세 나와 아버지의 걱정은 사라졌다. 중간중간 할아버지께서 잘 보고 계시나 옆자리를 확인해 보았는데, 잘 보고 계시니 안심이 되어 더욱 영화에 몰입했다. 흥미진진한 2시간의 영화가 끝나고, 우리는 아버지의 차에 올라 집에 가고 있었다.

"할아버지! 영화 재미있으셨어요? 어지럽지는 않으셨어요?"

"내가 재한이 덕분에 60여 년 만에 영화관을 다 와 봤구나! 18살 때인가? 19살 때인가? 잘 기억도 안 나는구나! 그때 영화관에 가 보고 오늘 처음 가 본단다.

"정말이요? 그럼 영화관에 가 본지 60년이 더 넘었다는 말씀이시네요?"

"그렇게 됐나? 영화관에서 보니까 정말 신기하고 재미있구나!"

할아버지의 말씀을 듣고, 나는 여러 복잡한 생각이 들었다. 60여 년 전에 영화관에 가 보셨다는 할아버지의 말씀이 신기하고, 그래도 할아버지께서 별로 어지러움도 없이 잘 보셨다는 것에 대해 기분이 좋기도 했지만, 그런 것보다는 할아버지께서 영화관에서 영화를 잘 보실까? 라는 생각이 든 것에 대한 부끄러움이 먼저였다. 다음 날 할아버지께서는 우리 가족에게 돈가스를 사 주시며, 영화를 못 보신 어머니께 영화 이야기를 들려 주셨다.

그날 저녁, 나는 어머니와 함께 진정한 효란 무엇이가에 대해 생각해 봤다.

어머니는 내가 어렸을 때 이야기를 들려 주셨다. 10여 년 전, 우리 집은 증조할머니, 증조할아버지, 할머니, 할아버지, 어머니, 아버지, 그리고 나와 형님이 2층 주택에서 4대가 살고 있었다. 그런데 증조할머니는 치매가 있으셔서, 둘째 아들을 임신한 손주 며느리인 어머니한테 늘 이렇게 말씀하셨다고 한다.

"새댁은 언제 이사 왔슈? 언제 결혼해서 애는 몇이여?"

"할머니~ 저는 할머니 손주 며느리예요! 3살짜리 아들이 있고 뱃속에 예쁜 아가가 자라고 있어요!"

"아이구~ 내래 이북에서 살 때는 말이야~~"

어머니는 그때 육아도 하고, 직장도 다녀야 해서 매우 바쁘셨지만 할머니 이야기를 끝까지 들어주셨다고 한다.

시간이 지나고 증조할머니께선 돌아가셨다. 그리고 지금은 증조할머니의 아들인 할아버지께서 나를 부르신다. 나는 그럴 때마다 항상 방에서 컴퓨터나 공부를 하고 있지만, 아무리 바빠도 할아버지에게 간다. 그럼 할아버지는 이렇게 이야기를 시작하신다.

"재한아! 6.25 전쟁 때는 말이지…… 내가 어렸을 적, 이북에서는 말이다……."

처음에는 이야기를 듣고 싶지 않았어도, 할아버지 옆에서 그 이야기들을 듣다보면 나도 모르게 빠져들게 된다. 그리고 이야기를 하고 계시는 할아버지가 매우 행복해 보이신다. 처음으로 같이 영화를 보러 간 그때처럼 말이다.

효도란 무엇일까? 선물을 사 드리는 것? 자주 찾아뵙는 것? 나는 그렇게 생각하지 않는다. 내가 생각하는 효도란 선물과 같은 거창한 것이 아닌, 그냥 어르신들이 말씀하시는 것을 공손히 듣는 것, 어르신들이라고 고정관념을 가지지 말고 먼저 다가가는 것, 그리고 원하는 것을 같이 해 드리는 것이다.

효도란 말로 이렇게 해라~ 저렇게 해라~ 가르치는 것이 아니라 부모가 몸소 행하고 그 자녀가 느낄 때 저절로 생겨나는 마음이라고 생각한다.

나의 어머니가 증조할머니께 그랬고, 내가 지금 할아버지에게 하듯이, 나의 자녀도, 할머니 할아버지가 되신 내 부모님의 말씀을 들어 드리며, 함께 여행을, 영화관을 가리라 믿는다.

사랑의 손으로
한 포기 한 포기 봉사를 심어요

소망공동체 모내기 봉사활동

나에게는 집이 하나 더 있다. '소망공동체'라는…….

그곳에 다녀오면 나의 가슴에 작은 소망들이 봉긋봉긋 자라난다.

나는 작년까지만 해도 엄마를 따라 매주 목요일 그곳으로 봉사활동을 다녀왔다. 분명 내가 봉사활동을 하러 갔지만, 사물놀이, 퍼즐놀이, 그림그리기, 미술공예, 운동놀이 등을 하는 소망공동체 식구들을 보면 왠지 내가 더 봉사를 받고 온 것처럼 따뜻한 마음이 들곤 했다.

하지만 중학생이 된 나는 명절 때 일이 바빠 고향에 가지 못하는 직장인처럼, 핑계처럼 들리겠지만 학교 영재반 수업 등 학업이 바빠져서 소망의 집을 매주 찾지 못하였다. 비록 몸은 가지 못하지만 마음만은 엄마를 따라 가고 싶은 곳…….

드디어 나는 몇 달 만에 형님과 엄마와 함께 다시 소망공동체를 찾을 수 있었다. 소망공동체에서 가족과 함께하는 손모내기 봉사활동이 있었기 때문이다.

내가 소망공동체에 도착했을 때 모내기 행사는 이미 시작됐다. 200~300평 남짓한 논에 소망공동체 섬김이 선생님 세 분과 모내기를 해 보고 싶은 봉사자들이 손모를 심고 있었고, 그렇지 않은 봉사자들은 부침개를 굽고, 수박을 자르며 그늘 아래에서 새참을 준비하고 있었다. 소망공동체 식구들 중에 사물놀이패는 봉사자들의 흥을 돋우기 위해 사물놀이를 연주하고 있었다.

"재한아! 경덕아! 어서 와……. 재한이도 모를 심어야지!"

연일 선생님께서 우리 가족을 반기셨고, 나는 연일 선생님을 따라 논으로 들어갔다. 처음 논에 들어갔을 때 약간 겁이 나면서도 발이 시원한 기분이 들었다. 그 기분을 만끽할 새도 없이, 나는 바로 모를 심어야 했다. 먼저 모를 심는 법부터 배웠는데, 처음 해 보는 것이지만 간단했다.

'이런 식이면 이 논에 전부 모 심는 것도 쉽겠는데?'

하지만 내 예상은 철저히 빗나갔다. 자리를 계속 옮기면 논에 발이 푹푹 빠져 그 자리가 너무 깊이 들어가 진흙을 다시 고르게 한 뒤 모를 심어야 했고, 뒤로 물러가다 모를 밟지는 않을까 걱정이 되었다.

또한 허리를 숙였다 폈다 반복하느라 허리도 점점 아파왔다. 양말을 신고 들어간 것도 문제가 되었다. 원래 논에 있는 돌 같은 것을 밟을지 모르니 안전을 위해 양말을 신고 들어가는 것이 알맞기는 하지만, 발을 바닥에서 뗄 때마다 양말에 공기가 들어가서 떼어지지 않아 문제가 됐다.

그래도 몇 줄이 지나자 숙련이 되어서 한줄 두줄, 뒤로 지나갈 때마다 점점 더 익숙해지고 일이 재밌어지기도 했다. 문득 나는 내가 직접 모내기를 한 이 논에서 쌀이 얼마만큼 나는지 궁금해졌다.

"선생님! 지금 여기서 이 논을 다 모내기를 하면 쌀이 얼마나 나오나요?"

"글쎄……. 이 정도에서 벼가 병에 안 걸리고 쌀이 다 나면 벼로는 10가마, 쌀로만 하면 한 8가마 정도 나올라나?"

그 말을 듣는 순간 나는 너무 뿌듯했다. 비록 나 혼자 모내기를 하는 것은 아니더라도 내가 모내기를 한 논에서 난 쌀이 소망공동체 식구들이 몇 달간 맛있는 밥을 먹을 수 있는 양이라니!

그 뒤로 나는 계속 모내기를 하면서 소망공동체 식구들이 이 쌀로 지은 밥을 맛있게 먹어줬으면 좋겠다는 생각을 했다.

그때, 잔디밭에서 신명난 음악소리가 들려왔다. 사물놀이 패가 다시 연주를 시작했다.

나는 '일을 할 때 풍물소리를 들으니 힘도 나고 신명도 나는구나! 그러니까 농악과 노동요가 필요했던 거구나!'라는 생각이 들면서 점점 흥이 났다.

흥겨운 사물놀이 가락에 맞춰 어깨를 들썩이며 신 나게 모를 심었다.

"새참 드시고 하세요!"

"우와! 드디어 새참을 먹으며 쉴 수 있겠는걸!"

열심히 모내기를 하던 식구들은 신이 나서 잔디밭으로 나왔다.

고된 일을 하다 먹은 새참은 정말 꿀맛이었다. 김치전에 수박뿐이면 어떠랴. 그것만으로 이미 나에게는 지상 최고의 음식이었다. 거기에 엄마의 제자인 충남 예술고 국악영재 형 누나들의 대금산조, 피리산조 가야금 병창까지 듣고 나니 다시 힘이 불끈불끈 솟는 것 같았다.

새참을 먹고 연주를 들은 시간도 잠시……. 우리는 다시 논으로 들어가 나머지 모를 심어야 했다.

새참을 먹고 힘이 충천되었어도 다시 들어가서 또 일하는 것은 망설여졌다. 그래도 내가 일부분을 해 놨는데, 책임감 없이 그냥 그늘에서 쉬는 것은 양심이 허락하지 않을 것 같아 나도 사람들을 따라 다시 논으로 들어갔다.

그 뒤로는 일이 수월했다. 끝날 것 같지 않은 논도 모두가 힘을 합쳐 열심히 다 채워 나갔다. 마지막 모까지 다 꼼꼼히 심은 후 우리는 다같이 기념사진을 찍었고, 내가 손모내기를 해서 논이 초록색 모로 가득 찬 것을 보며 가슴이 뿌듯해졌다.

오늘 내가 모내기를 한 벼는 아직 작지만, 이 벼가 여름에 뜨거운 태양을 받고 자라서 가을에 무거운 열매로 고개를 숙이면 그것이 사람들이 맛있게 먹을 수 있는 쌀이 되는 것이다.

나도 그렇다. 나는 아직 중학교 1학년이다. 모내기를 이제 막 할 단계인 것이다. 비록 지금은 힘이 많이 들고, 많은 사람들의 도움을 받고 자라야 하지만, 뜨거운 태양을 받고 열매를 맺는 곡식처럼 열심히 공부하고 건강하게 자라서, 내가 그동안 배운 것들과 받은 것들을 사람들에게 사랑으로 다시 돌려주고 싶다.

"한 포기 한 포기 심은 모들아! 뜨거운 태양을 잘 견뎌라! 그리고 맛있는 곡식으로 풍성한 열매를 맺어라!"

나는 소망공동체 논에 심겨 있는 어린모들을 향해 이렇게 소리쳐 본다.

세상을 보는
지혜를 가르쳐 주신 선생님 ✶

따스한 햇볕이 내리쬐고, 아름다운 꽃들은 세상에 마실을 나오는 5월.

5월은 12개 달 중에 가장 소중하고 의미 있는 달이라고 나는 생각한다.

그 이유는 어린이날, 어버이날, 스승의 날이 있기 때문이다. 그런데 왜 어버이날과 스승의 날은 5월에 있을까? 스승은 학교에서 학생들의 부모님이기 때문일까? 하는 생각을 해 보기도 한다.

5월 하면 생각나는 꽃이 있다. 그 꽃은 바로 카네이션! 카네이션의 의미는 '감사'이다. 우리는 5월에 감사하는 마음을 가지고 감사한 분께 진심을 담아 카네이션을 전한다. 나에게는 스승의 날 가슴에 카네이션을 달아 드리고 싶은 선생님이 계신다.

2010년 3월, 이제 나도 어엿한 초등학교 고학년인 5학년이 되었기에 열심히 공부를 해 보겠다는 생각으로 새 학기를 맞이했다.

그러면서도 어떤 분이 담임선생님이 되실지 가장 걱정스러웠다.

'호쾌하신 남자 선생님일까? 아니면 섬세하신 여자 선생님일까?'

이런 궁금증을 참지 못하던 중, 마침내 선생님께서 교실 문을 열고 들어오셨다. 왠지 낯이 익었다. 아니, 낯이 익은 정도가 아니었다. 그분은 우리 형의 초등학교 3학년 담임 선생님이셨던 윤선아 선생님이셨다. 윤선아 선생님은 우리 학교에서 가장 무섭기로 소문이 자자한 선생님이셨다.

선생님께서는 첫날부터 우리에게 준비하라는 것도 많았고, 매우 까다롭게 이것저것을 말씀하셨다.

"우리 반은 학교 수업에 관한 숙제 말고도 매일매일 기본적으로 글쓰기 숙제를 내주겠어요!"

선생님 말씀에 우리들은 "선생님! 어떻게 매일매일 글쓰기를 해요?" 하며 매우 당황하였다.

나는 그때까지만 해도 그 숙제가 나에게 엄청난 영향을 끼칠 것이라는 것을 깨닫지 못했다.

"얘들아! 내가 너희에게 내 주려는 숙제는 그냥 글쓰기 숙제가 아니란다. 우리가 알고 있는 동화나, 재미있는 역사

이야기, 또 요즘 뉴스에 많이 나오는 사회적 이슈 같은 것을 주제로, 그 주제에 대해 찬성 또는 반대하는 너희의 입장을 정리하고 자신의 주장을 펼치는 글을 쓰면 돼!"

"어휴! 그걸 우리가 어떻게 써요? 너무 힘들어요!"

여기저기서 아이들의 불만이 쏟아져 나왔다. 하지만 선생님은 첫 번째 글쓰기 주제로 '심청이의 효도 방법은 과연 옳은가?'라는 숙제를 내 주셨다.

선생님께서는 모두에게 쟁점노트를 만들어 자신의 입장을 정리해 오라고 말씀하셨다.

이 쟁점노트를 쓰기 위하여 나는 인터넷에 올린 사람들의 글을 읽어 보았고, 심청전의 내용도 다시 한 번 검색해 보았다. 지금까지 심청이는 효녀였다는 고정관념을 깨고, 나는 심청이의 효도 방법은 옳지 못하다는 입장에서 내 생각을 펼쳐 보았다.

다음 날 아침, 자율학습시간을 통해 우리는 쟁점에 대한 논쟁을 펼쳤고, 서로의 의견을 나누는 시간도 가졌다.

아이들은 처음 해 보는 쟁점 토론에 익숙하지 않아서인지 서로 자신의 의견이 옳다고 싸우기 시작했다.

"얘들아! 토론은 서로 싸우는 것이 아니야! 다른 사람의 의견을 존중하면서 자신의 의견을 주장하는 것이란다!"

선생님께서는 아직 토론에 서툰 우리들에게 토론의 방법과 절차에 대해서 차근차근 설명해 주셨다.

이러한 방식으로 우리는 '갯벌은 보존되어야 하나? 개척되어야 하나?', '사형제도는 있어야 하는가? 없어져야 하는가?', '초등학생의 휴대전화 사용, 어떻게 할 것인가?', '해외입양 찬성하는가?' 등 많은 쟁점들을 하루에 하나씩 공부해 갔다. 그러면서 세상을 보는 지혜를 조금씩 조금씩 키워 나갔다.

하지만, 모든 아이들이 선생님께서 내주신 숙제를 잘 해오는 것은 아니었다. 그때마다, 선생님께서는 따뜻한 엄마처럼 이 숙제가 왜 필요한가에 대한 이유를 설명해 주시기도 하셨고, 때로는 따끔한 매로 우리들을 지도하셨다. 한달 두달, 우리는 점점 쟁점노트를 우리의 생각으로 가득 채워 나갔고, 사회적 문제에 대한 토론능력도 점점 발달되어 갔다.

10월의 어느 날, 드디어 우리 학급의 공개수업일이 되었다. 공개수업의 주제는 유전공학이었고 쟁점토론의 주제는 '첨단 유전공학, 과연 필요한가?'였다.

어느새 교실 뒤에서 학부모님들과 많은 선생님들이 우리의 수업을 참관하고 계셨다.

우리들은 선생님의 지도에 따라 사회자와 찬성 팀, 반대 팀으로 나뉘어 열띤 토론의 장을 펼쳤다.

처음에는 많은 선생님들이 지켜보고 계셔서 심장이 멎을 것 같이 떨렸지만 나는 용기를 내어 의견을 발표했다. 또 학기 초만 해도 발표를 잘 못해 선생님께 지적을 받았던 아이들도 모두 의견을 발표하면서 토론의 열기는 점점 뜨거워져만 갔다.

40분 동안의 수업을 마쳤을 때 뒤에 계셨던 선생님들과 학부모님들께서는 우리들에게 칭찬의 찬사를 아끼지 않으셨다.

다음 시간에, 어느새 한마음이 된 아이들과 선생님은 이번 공개수업에 대해 즐겁게 이야기하고 있었다.

윤선아 선생님을 처음 만났던 3월, 무섭고 두렵기만 했던 선생님과 어렵고 힘들었던 숙제들…….

일 년간 선생님과 같이 생활하고 공부하면서, 선생님은 더 이상 무서운 선생님이 아닌 엄마같이 따뜻한 선생님으로 우리에게 다가왔고, 숙제도 어렵지 않고 재밌게 즐길 수 있는 것이 되었다.

우리들을 지도하시느라 힘드셨겠지만, 선생님께서는 우리들을 어리다는 이유로 포기하지 않으셨고, 우리는 선생님으로부터 세상을 보는 지혜를 배웠다.

중학생이 된 지금도 나는 뉴스에 사회적 이슈에 대한 쟁점이 나오면 주의 깊게 보고, 혼자서 찬반을 정해 생각해 보기도 한다.

윤선아 선생님의 가르침으로 나는 앞으로 어려운 문제가 닥쳐도 지혜롭게 해결할 수 있는 힘이 생겼다.

선생님께서 가르쳐 주신 지혜로 나는 세상을 모두가 행복하게 살 수 있는 사회로 만들고자 노력할 것이다.

"윤선아 선생님! 감사합니다! 그리고 사랑합니다!"

가장 낮은 곳에서,
가장 위대한 봉사를 꿈꾸며

　내가 초등학교에 입학하기 전부터, 엄마는 중복장애를 가진 형과 나를 봉사활동에 데리고 다니셨다. 어린 나는 할 수 있는 것이 없어, 선물을 나누어 드리는 것같이 소소한 일을 했고, 조금 더 커서는 악기를 배워 작은 음악회를 통해 악기 연주도 하고 같이 춤을 추며 노래를 부르기도 했다. 확실히 어린 나에게 봉사활동은 막연하게 같이 재밌게 놀다 오는 것이었다. 하지만 어려서부터 다녔던 봉사를 통해 다른 사람을 배려하고 어려운 사람과 함께하는 것이 얼마나 소중한지 깨닫게 되었다.

초등학교 5학년 여름, 평소 봉사활동을 다니던 시설에서 바닷가로 여름 캠프를 가게 되었다. 나는 캠프에서 봉사자로, 형은 내가 돌봐야 할 장애우로, 우리는 캠프 짝꿍이 되었다. 캠프 프로그램에 참여하기 위해 다른 사람들은 다 출발했는데, 평소 움직임이 느리고 둔한 나의 형은 힘들었는지 움직이지도 않고 계속 앉아 있기만 했다. 나는 급한 마음에 형을 끌어도 보고, 가자고 부탁도 해 보았지만 형은 미동도 하지 않았다. 나는 화가 나서 돌아다니지도 않을 거라면 신발이 무슨 필요가 있냐며 형의 신발을 멀리 던져 버리고는 울음을 터뜨리고 말았다.

이런 우리 형제의 모습을 보신 선생님께서는 나를 위로해 주시면서, 봉사자는 봉사를 받는 사람의 입장에서 늘 생각하고 그 사람을 진심으로 사랑해야 한다고 말씀해 주셨다. 그동안 나는 형이 장애가 있어 움직임이 느리고 말이 둔하여 내가 좀 더 기다리고 도와줘야 한다는 생각보다 스스로 캠프를 즐기기 위해 형을 다그쳤다는 생각이 들면서 나의 행동을 반성하게 되었고 진정한 봉사란 무엇인지 조금씩 깨닫기 시작했다.

어려서부터 봉사하는 삶이 배어 있던 나는 막연하게 약

자들의 인권을 위해 노력하는 직업을 갖고 싶었다. 그러다 내가 OHCHR에서 일하고 싶어진 결정적인 계기가 있다. 충남외국어교육원영재원에서 창의적 산출물 프로젝트를 진행하였는데, 내가 고른 주제는 해외 입양아들의 삶에 대한 것이었다. 입양아에 관한 뉴스를 보고 그 주제를 정하게 되었는데, 그때에는 탐구가 재밌을 것이라는 생각밖에 들지 않았다. 그러나 자료 조사를 하면서 정말 많은 수의 아이들이 버려지고, 불행한 삶을 산다는 것에 놀라게 되었다. 그러면서 UN 산하에 OHCHR이라는 기관이 있다는 것을 알게 되었다. OHCHR의 홈페이지에서 설립 목적과 활동을 읽어가는 순간, 꼭 이곳에서 일을 하고 싶다는 생각을 했다.

중학교 3학년인 지금, 나의 장래희망은 세계 모든 나라의 사람들이 자신의 정당한 권리를 갖고 인권을 유린당하는 일이 생기지 않도록 유엔 인권 고등 판무관 사무소에서 약자를 위해 일하는 것이다.

지난 8월 14일 프란치스코 교황이 방한했다. 비록 나는 가톨릭 신자는 아니지만 프란치스코 교황의 행보 하나하나에는 관심을 가지게 되었다. 특히 교황이 가장 낮은 곳에서 약자들에게 손을 내밀고, 고통 받는 사람들의 마음을 치유하며 함께 아픔을 나누는 모습을 통해 진정한 사랑이 무엇인지 깨닫게 되었다.

앞으로 교황의 모습을 거울삼아 사랑과 봉사를 실천하고 나의 꿈을 이루기 위해 최선을 다하는 사람이 될 수 있도록 노력할 것이다.

내 150살 생일잔치 ✦

　오늘은 내 150번째 생일이다. 내 생일을 맞이해 주기 위해서 형님을 비롯한 모든 식구가 한자리에 모였다. 2149년인 지금, 아이들도 내가 어릴 때보다 더 바빠져 서로의 생일도 챙겨 주기 힘든 시기이다. 뭐 원래대로라면 가장인 형님의 생일에 다 모여야겠지만 내 생일은 공휴일이니 그때 만나게 된 것이다.

　그럼 이제 우리 가족을 소개하도록 하겠다. 먼저 형님은 레크리에이션 강사를 해 대학교나 예능계에서 꽤 이름을 날렸다. 그리고 지금은 나와 함께 지내고 있다. 나는 대한민국의 외교관으로 UN 사무총장까지 되어 세계 평화를 지키려 노력한 지 50년, 85세가 된 해에 일에서 손을 놓고 형님과 같이 쉬고 있는 평범한 할아버지일 뿐이다. 아들과 며느리는 지금 세계에서 알아주는 과학자인데, 특히 생물에 관심이 많아 동반으로 노벨상을 타기도 했다. 나도 아들이 하는 일에 관심이 조금 있어서 도와주려 해도, 그냥 방해가 될까 봐 뒤에서 지켜보고 있다. 듣기로는 지금 유전자

조작을 이용, 모든 일에 뛰어난 사람을 연구하고 있다고 한다. 그리고 내 둘째 아들은 지금 우주 먼 곳에 있는 인공우주 도시에서 기술자 일을 하는 노총각이다. 내 손자 평화는 내가 외교관일 때 지어준 이름이다.

내가 지금 살고 있는 곳은 고향인 충남 공주이다. 내 집에는 형님과 평화가 같이 살고 있다. 첫째 아들과 며느리는 지금 해저 도시에서 연구를 하고 집은 미국 시애틀에 있다. 마지막으로 둘째 아들은 우주도시 uccn-00565에서 살고 있다. 첫째 아들은 시애틀에서부터 수소 연료로 뜨는 공중 원자 자동차를 타고 오면 1시간 거리인데 또 연구실에서 꼼짝 않고 박혀 있나 보다. 아무래도 내가 텔레파시로 빨리 오라고 연락을 해야겠다. 둘째는 좀 굼떠도 성실해서 지금 광속 로켓을 타고 출발을 했다는데 로켓도 많이 막히고 워낙 천천히 움직여서 오래 걸릴 모양이다. 기다리는 동안 가사 로봇과 청소나 하면서 평화에게 홈스쿨이나 더 하라고 해야겠다.

모두가 모인 후 나는 6번 캡슐 '우주일주용 우주선'을 꺼냈다. 다들 짐을 챙기고 우주선에 타서 우주여행 겸 크리스마스 파티 겸 내 생일잔치를 시작했다. 요즘은 과학기술이 많이 발전해서 내가 150살까지 살아 있고, 둘째 아들은 우주도시에서 살고, 손자는 홈스쿨을 하며 텔레파시로 서로 안부를 주고받는다. 하지만 형님과 나는 서로 얼굴도 좀 보고 사는 것이 더 낫다고 생각하여 웬만하면 구식인 영상통화를 쓰고 오늘처럼 꼭 한번씩 모임을 갖는 것이다. 나는 과학의 발전도 좋지만 가족끼리 서로 서먹하지 않고 친근했으면 한다.

소망축제에서 엄마와 함께한 이중주

재한이가 책을 읽고 자신의 생각을 한줄 한줄
써 내려간 글을 담았습니다.

3장

재한이의 마음

이 시대의 진정한 지도자 '간디'

　2012년 12월 19일, 대한민국 제18대 대통령 선거일이 얼마 남지 않았다. 요즈음에는 텔레비전이나 라디오 같은 대중매체에서 여러 후보들이 민심을 얻기 위하여 고군분투하는 모습을 쉽게 볼 수 있다.

　이런 광경을 보면서 나는 어떤 후보의 공약이 가장 좋은 것인지, 어떤 후보가 우리나라의 지도자가 되어야 우리나라를 잘 이끌 수 있을지 호기심이 생겼다. 그래서 세계의 여러 지도자들에 대해 알아보던 중 2006년 한 잡지에서 기자들을 대상으로 한 설문조사를 보게 되었다.

　그 설문조사는 현대 아시아 역사에서 가장 위대한 인물을 뽑는 설문조사였는데, 1위가 바로 위대한 영혼을 가진 인도인의 아버지, 간디였다. 간디에 대해 좀 더 알아봐야겠다는 생각이 든 나는, 간디의 자서전을 읽어 보기로 했다.

　간디는 1869년 10월 2일 인도 서부 포르반다르에서 태어났다. 어려운 가정환경에도 불구하고 영국으로 건너가 법률을 공부한 그는 1891년에 변호사 자격을 얻을 수 있었다. 하지만 변호사의 길도 순탄치 않았고 결국 남아프리카로 떠나게 되었다.

이 남아프리카 여행은 간디의 생애에 커다란 전기를 가져왔다. 당시 남아프리카에는 약 7만 명의 인도 사람이 이주해 있었는데 백인에게 차별대우를 받고 있었다.

이에 그는 인도 사람의 지위와 인간적인 권리를 보호하고자 결심하고 남아프리카 연방 당국에 대한 인종차별반대 투쟁단체를 조직, 1914년까지 그 지도자로 활동하였다. 그 이후로 다시 인도로 돌아와 전국을 돌아다니며 영국의 탄압정책에 대항하여 비폭력·무저항주의 운동을 벌였다.

간디의 비폭력·무저항주의는 인류의 역사에 길이 남을 업적으로 평가받는다.

그러나 간디의 자서전은 이런 업적만 보아서는 안 된다. 간디의 자서전에는 '나의 진리실험 이야기'라는 부제가 붙어있다. 이 자서전에서 하고 싶은 이야기는 정치에서의 활동이 아니라 정신 분야에서의 진리를 찾기 위한 실험이라는 것이다.

간디의 말을 그대로 옮기자면, '내가 지난 30년 동안 원하고 성취하려고 싸우며 애써 온 것은 자아의 실현이다. 그것은 하느님의 얼굴을 마주 보는 것이자, 구원에 이르는 것이다.'로 진리 탐구의 실험이다.

즉 진리를 통해 자아를 실현함으로써 구원을 얻고자 노력한 실험들을 이야기한 것이다. 간디가 생각하는 진리를 실현하는 단 하나의 길은 '아힘사'였다. 원래는 불살생, 즉 '살아있는 생명을 죽이지 않는다'는 뜻이다. 바로 간디를 통해 폭력을 사용하지 않는다는 '비폭력'으로 유명해진 말이다.

간디는 이 자서전 한 페이지 한 페이지마다 '아힘사'를 선언했다. 그러나 자신이 아무리 아힘사의 실천을 위해 노력해 왔다 하더라도 자서전을 마치는 순간까지도 불완전하고 불충분하다고 고백했다. 그 이유로 진리의 완전한 모습은 아힘사가 완전히 이루어진 다음에 나타나는 것이라고 설명했다. 다시 말하면 간디의 자서전은 그가 아힘사의 실천을 위해 진지한 실험을 담은 책이다.

간디는 아힘사의 정신으로 비폭력 운동을 통해 정치를 해 왔다. 그리고 자신이 생각하는 진리를 실현하기 위해 직접 행동으로 모범을 보였다. 지금 우리 사회에는 간디와 같은 지도자가 필요한 때라는 생각이 든다. 소통과 이해를 통해 해결점을 찾으려고 하는 사람 말이다. 그런 점에서 마하트마 간디는 지금 세계 지도자 최고의 롤 모델인 것 같다.

나는 아직 어려서 정치에 대해서 잘 모른다. 하지만 어린 내 눈에도 지금의 정치는 분명 무엇인가 잘못되어가고 있다고 느껴진다.

한 달이 지나면 우리나라를 이끌어 갈 새로운 대통령이 당선될 것이다. 나는 현재 열심히 선거운동을 벌이고 있는 대통령 후보들에게 이렇게 말하고 싶다.

"실천 못 할 공약보다는 스스로 모범을 보이고 사회에 귀감이 될 수 있는 그런 지도자가 되어 주세요!"

"서로 비방하지 말고 잘된 점을 칭찬해 주세요. 칭찬은 고래도 춤추게 한답니다."

"권력을 위한 정치가 아닌 진정한 봉사자로서의 정치가가 되어 주세요!"

'평화는 힘으로 얻어지는 것이 아니다. 평화는 오직 이해함으로써 얻어지는 것이다.'

「마즐토브」를 읽고 ✦

이 책의 제목인 '마즐토브'는 행복과 행운을 전하는 유대인의 축하인사이다. 제목에서부터 알 수 있듯이, 이 책은 모든 이에게 희망과 행복을 줄 수 있는 책이다. 이 책은 1, 2, 3부로 이루어져 있고 2명의 주요한 등장인물이 있다. 바로 메이와 한나인데, 1부는 메이의 관점으로만 이루어진 메이의 이야기, 2부는 한나의 관점으로만 이루어진 한나의 이야기, 마지막 3부는 한나와 메이가 서로 만나 한 번은 한나의 관점으로, 한 번은 메이의 관점으로 번갈아가며 이야기의 끝을 맺어가는 방식이다. 막상 주인공끼리 만나는 것은 3분의 1밖에 되지 않지만, 그 적은 양으로도 1부와 2부에서 주인공의 감정묘사가 너무 잘 돼서 문제가 되지 않는다는 것이다. 다시 말해서 1부와 2부는 3부의 절정을 위한 프롤로그라고 해도 과언이 아닐 정도이다.

1부에는 아직 어린 19살 메이의 관점에서 그녀의 이야기가 이어진다. 메이는 베트남에 살고 있는 중국인인데, 월남이 베트남 전쟁에서 패했다. 중국인이어도 자본주의의 보호 아래 평화롭게 살 수 있었던 메이의 집은 파산하여 모든 재산을 뺏기고, 사람들의 눈초리마저 안 좋아진다. 더는 베트남에서 살 수 없겠다고 생각한 메이의 부모님들은 메이의 대가족을 3, 4명씩 나눠 보트를 타고 외국에 있는 난민 캠프까지 밀항을 해서 국제난민위원회에 뉴욕으로 가는 것을 신청해 뉴욕에서 만나자고 결론을 내렸다. 한마디로 보트 피플이 된다는 것이다. 그것도 많은 사람이 한꺼번에 갔는데 운이 나빠 해적이라도 만나면 가족이 다 죽으니까 조금씩 나눠서. 그렇게 집안의 장녀인 메이는 14살 남동생 뚜언, 그리고 아직 그런 고통을 알기엔 너무 어린 여동생 린을 데리고 가족 중에서 제일 먼저 보트 피플이 된다. 메이는 사실 취미가 하나 있었는데, 바로 그림 그리기였다. 그런데 짐을 가장 최소화해 필요한 것만 가져가야 한다는 부모님의 말씀에 따라 메이는 붓, 물감, 종이를 모두 뒷마당에 묻어 놓고 나온다. 하지만 막상 보트에 타니 그런 것을 생각할 여유도 없었다. 정원이 50명인 보트에 200명이 껴서 앉아 있다. 언제 해일이나 해적이 덮칠지 모른다는 불안함으로 잠도 잘 이루지 못하고 설상가상으로 제일 어린 린이 아프기 시작한다. 거기다 보트 위의 상황도 엄청나게 처참하다. 직접 보트 위에 타 있는 메이의 관점에서 서술한 보트의 상황은 상상도 할 수 없을 정도로 끔찍하다.

구더기가 반 이상인 밥, 서로 지쳐서 뼈밖에 남지 않은 사람들, 전쟁의 충격으로 혼자서 날뛰다 물에 빠진 아줌마까지……. 결국 린은 안전하게 필리핀에 있는 난민 캠프에 가지만 그곳에서도 어려운 생활이 계속된다. 하지만 몇 주 뒤, 유엔에서 서류가 통과된 린은 뉴욕으로 가게 된다.

2부로 넘어가면, 또 다른 소녀, 미국에 사는 17살 한나의 이야기가 나온다. 1970년대, 한나의 학교 학생들은 마리화나나 담배를 피우며 그것을 일종의 훈장인 듯 자랑스럽게 생각하지만, 한나는 자신이 아니라고 생각하는 그 행동에 절대 타협하지 않고 단호히 거절하기 때문에, 마리화나나 담배도 피우지 않고 아이들에게서 소외되어 가며 주변의 모든 사람들에게 괴짜라고 생각된다. 가장 친했던 친구마저 자신을 배신하고, 어떤 선생님도 한나를 이해하는 법이 없다. 한나의 아버지는 수석 변호사, 어머니는 정 많고 친절하신 분, 동생들은 한나를 이해하지 못하는 평범한 아이들이다. 그럼에도 한나는 자신의 자유로운 정신을 잃지 않는다. 그러다 한나는 일명 프로젝트로 불리고 있는 대안학교를 우연히 알게 되고, 그곳에서 즐거움을 깨닫는다. 뉴스에서 우연히 본 보트 피플에 관한 이야기가 한나를 난민위원회에서 자원봉사를 하게 만든다.

메이는 난민들이 많이 살고 있는 뉴욕의 한 도심에 집을 배정받아 새로운 보금자리를 꾸미고, 한나는 그런 난민들을 돕기 위해 집이나 교회, 유대인 예배당에서 쓸모없는 생필품과 장난감 등을 모은다. 메이는 그곳에 있는 난민들과 친해져 뉴욕 생활에 점점 익숙해지고 뚜언을 학교에도 보낸다. 한나는 난민구호협회로부터 자신이 자원봉사를 가야 할 곳이 어디인지 알고, 토요일에 그곳에 갈 생각으로 설렌다. 두 소녀는 첫 만남부터 예사롭지 않았다. 한나가 지정된 집에 초인종을 누르자 난민들이 한데 모여 있었고, 어떤 어린아이가 문을 열더니 한나를 보고 문을 닫아버렸다. 그래도 한나는 자신이 사진 속의 한나라고 말하고 들어간다. 모르는 언어를 쓰는 처음 보는 사람들과 그래도 화기애애하게, 재미있게 자기소개를 한다. 그리고 그 때부터 한나와 메이는 서로 왠지 모르게 이끌리게 되고, 메이와 뚜언, 린은 한나와 가장 친한 난민이 된다. 또 한나와 메이는 자기 자신의 삶이 서로를 만나 더 행복해지고 무엇인가 달라졌음을 느끼게 된다.

한나와 난민들은 같이 차이나타운 구경도 가는데, 그곳에서 한나는 메이네 식구와 같이 구경을 다녔다. 상점에도 들르고 한나가 점심도 사서 화기애애하게 걸어가고 있는 그때, 메이가 길을 가다 화방에 잠깐 멈춰서 그 안을 들여 다본다. 그 일로 인해 한나는 메이에게 미술과 관련해 어떤 일이 있다고 대충 느낀다. 하루는 한나가 메이네 가족을 자기 집으로 초대하는데, 그곳에서 메이가 한나네 집에 있는 화첩을 매우 그립고 진지한 눈빛으로 보았다. 몇 주뒤, 메이의 동생 3명이 미국 입국 허가를 받았다는 소식을 들은 메이는 비록 말이 별로 통하지 않더라도 한나에게 기쁜 말투로 알린다. 또 학교를 다니는 뚜언이 한나에게 '수학 선생님이 F 점수를 주고 자신에 대해서 알려고 하지 않는다'고 말하자, 한나는 학교를 하루 조퇴하고 뚜언네 학교를 찾아가서 수학 선생님께 어른스럽고 침착하게 설명을 드렸다. 그 사건을 계기로 뚜언과도 친해졌다. 한나는 메이와 동생들을 위해 워드 파운드 리지 인디언 보호구역 공원으로 나들이까지 준비한다. 나들이를 즐겁게 다녀오고, 한나는 8월 한달 동안 여름 캠프를 다녀와야 했다. 그동안에도 한나의 부모님께서 메이와 동생들을 한 번 더 초대했다. 말이 잘 통하지 않더라도 서로를 배려하며, 마음으로 소통했던 것이다. 캠프에 다녀온 한나는 메이를 위한 선물을 준비했다. 바로 붓과 물감, 그리고 종이였다. 한나가 여름 캠프의 예술공예 카운슬러여서 쓰고 남은 미술용품들을 챙겨 올 수 있었던 것이다! 메이는 한나의 진실한 마음이 고마워 기쁨의 눈물을 흘렸고 그 둘은 진심으로 소통할 수 있는 친구가 되었다. 메이는 선물을 받자마자 그 자리에서 예쁜 꽃 그림을 그려 한나에게 선물한다.

'나의 빛깔은 선명하다. 나의 이미지는 강렬하다. 혼자서 그리기도 하고 함께 그리기도 한다. 종이 위에도, 비단 위에도 그린다. 풍경을 담고 얼굴을 담는다. 그림으로 인해 나는 온전한 내 자신일 수 있다. 그림은 내 과거이자 현재 그리고 내 미래이다. 내 그림은 나다. 메이.'

이것은 책 가장 마지막에 있는 메이의 독백이다. 메이는 한나를 만남으로써 행복해졌지만, 그래도 마음 한편에 그림이란 것에 대한 지워지지 않는 그리움이 남아 있었다. 한나는 그냥 토요일에 같이 가서 어울릴 때에만 메이를 생각하지 않고, 캠프에 가서도 메이의 마음을 알 수 있었기 때문에, 메이를 위한 세상 최고의 선물을 해 주었다. 한나와 메이의 이야기는 실화라고 한다. 한나와 메이는 30~40년이 지난 지금에도 서로 우정이 변하지 않았다. 이 이야기는 서로 말이 제대로 통하지 않더라도 마음으로 소통한 세계 최고의 우정을 그린 작품이다.

사람은 무엇으로 살까? ✮

사람은 무엇으로 살까? 지금 이 시대를 사는 사람들은 자신들이 돈과 권력으로 산다고 생각할 것이다. 어떤 사람은 휴일 때문에 살 수 있을 것이라고 말하기도 한다. 하지만, 그렇게 생각하는 사람들이 진정 행복할까? 이 물음에 대한 진정한 답은 러시아의 대문호 레프 톨스토이의 『사람은 무엇으로 사는가』에서 찾을 수 있을 것이다.

톨스토이가 진정으로 말하려고 하는 것은 미하일이 천사가 되면서부터이다. 그 모습을 본 세몽은 두려우면서도 "자네가 우리 집에 왔을 때 세 번 웃었는데, 왜 웃었는지, 그리고 하느님이 왜 자네에게 벌을 주셨는지 말해주게."라고 묻게 된다. 미하일은 원래 천사였는데 6년 전 하느님이 한 영혼을 데려오라고 명령하셔서 세상에 내려왔다고 했다. 아이들이 죽게 될 거라며 아이 엄마가 애원하여, 마음이 약해진 미하일은 하느님께 말씀하신 내용을 지킬 수 없었다고 했다. 그러자 하느님은 미하일에게 '아이 엄마의 영혼을 데려오면 사람의 마음속에는 무엇이 있는가? 사람에게 주어지지 않는 것은 무엇인가? 사람은 무엇으로 사는가? 이 세

가지의 질문의 뜻을 알게 될 것'이라며 답을 찾을 때까지 사람들에게 가 있으라 명령하였다. 그래서 인간계로 내려온 미하일은 알몸뚱이로 차가운 길바닥에서 웅크리고 있던 자신을 세몽과 마트료나가 대접하는 것을 보고, 처음 웃었다. 사람의 마음속에는 하느님의 사랑이 있음을 깨달았기 때문이다. 멋진 신사가 일 년을 신어도 끄떡없는 구두를 주문했을 때 미하일은 두 번째로 웃었다. 그의 뒤에 서 있는 자신의 동료 천사가 그 신사를 데려갈 것임을 미하일 자신은 알았기에, 미하일은 사람에게 주어지지 않는 것이 '자신에게 필요한 것이 무엇임을 자각하지 못하는 것'임을 알 수 있었던 것이다. 엄마를 잃은 아이들을 사랑으로 키우는 사람을 보고 사람은 사랑으로 산다는 사실을 깨달았다고 말한다. 그 말을 마치고 미하일은 하늘로 돌아간다.

결국 사람이 사는 데 가장 중요한 것은 사랑이었던 것이다. 그런데 현대의 모습을 보면, 사랑은 점점 메말라 가는 것 같다. 물질적 만족을 위해서라면 가족, 우정, 도덕 등 모든 것을 버릴 수 있는 사람들, 아무런 감정 없이 그저 하루하루를 살아가는 사람들. 모든 사람들 안에는 자신만의 미하엘이 있다. 지금 이 바쁜 매일을 살아가는 사람들이 20분만 시간을 내서 이 짧은 소설을 읽고, 10분만 사람은 무엇으로 사는가 생각해 볼 수 있다면, 그래서 그 사람들 마음속의 미하엘이 모두 활짝 웃을 수 있다면 세상은 더욱 아름다워지지 않을까.

「황태자비 납치사건」을 읽고 ✦

　이 책은 김진명 씨의 소설이다. 나는 애초에 이 소설을 김진명 씨 소설이라서 읽었지만, 이 책을 읽으며 정말 상상도 할 수 없었던 것에 충격을 받았다. 먼저 이 책을 읽으면서 내가 최고로 궁금했던 것은 '이 내용이 사실인가?'란 것이었다. 그것을 먼저 짚고 넘어가겠다. 사실 나도 이것이 사실인지 아닌지 인터넷을 엄청나게 뒤져봤다. 가장 확실한 것은 이 책은 소설이다. 소설은 허구이지만, 김진명 작가의 소설은 반 허구이다. 김진명 작가는 소설에 현실감을 살리기 위해 직접 자신이 쓸 내용에 관한 장소를 발로 뛰고 직접 관련된 것을 찾아본다는 것이다. 그렇기 때문에 다른 소설과는 다르다. 물론 내가 소설을 엄청나게 많이 읽어본 것은 아니지만, 좀 더 긴장감이 있는 것 같다. 이 책의 주인공 황태자비 마사코도 일본 왕가의 인물이다. 김진명 작가의 책에는 이렇게 실존인물을 주인공으로 넣음으로써 좀 더 현실적으로 글을 쓰려는 의도가 담겨있다. 실제로 마사코가 납치를 당한 것은 아니다. 그래서 일본에는 이 책이

출간되었을 때, 마침 황태자비였던 마사코가 임신을 했는데, 자신이 납치됐다는 이야기에 놀라 아이가 잘못될까 봐 일본 출간을 막았다는 소문도 있다.

줄거리 자체도 매우 흥미롭다. 네 명의 주인공인 황태자비 마사코, 경시감 다나카, 주범 임선규, 공범 김인후가 펼치는 머리싸움이 되게 흥미로웠다. 다나카의 수사법은 생각도 못 한 방법이고, 김인후가 없는 사이에 임선규의 별장에서 마사코가 느끼는 연민도 매우 생각지 못했다. 어느 날, 가부키자 공연장에서 일본의 황태자비 마사코가 납치된다. 일본 열도가 난리가 나게 되었다. 그런데, 경시청 소속 경시감 다나카는 한국인이 마사코에 대한 정보를 알아내 고등학교 동창을 사칭해 가부키자에서 황태자비를 납치했다는 사실을 알아낸다. 다나카는 조수 모리와 같이 점점 사실을 알아가고 황태자비는 자신을 자유롭게 놔두는 범인의 행동에 의아해한다. 그러다 유네스코 교과서 심사가 이루어지고 있다는 사실을 알게 되고, 그렇게 범인의 심정을 이해해 간다. 그것에 관해 가장 큰 사연은 한국의 명성황후 살인사건이다. 마사코는 자신이 임선규의 전문을 찾는 것을 도와주겠다고 한다. 그래서 마사코는 자신이 탈출할 수 있는 결정적 순간에서도 탈출하지 않는다. 그러던 중, 다나카는 점점 수사의 폭을 줄여 가고, 김인후가 별장으로 돌아왔다. 경찰이 들이닥치자 당황한 김인후는 황태자비를 죽여야 한다고 말하지만 임선규는 그것을 막는다. 자신의 방식이 잘못되었다는 것을 안 김인후는 자살을 하고, 마사코가 임선규를 체포하지 말라고 하여 다나카도 그에 협조한다. 그렇게 임선규는 공범으로 취급돼서 강제 출국 조치를 받고, 마사코는 전문을 찾아 한국 측 증인으로 유네스코 심사위원회에서 한국의 승리를 이끈다.

이 책을 읽으며 나는 매우 감동스러웠다. 그리고 지금 우리의 현실이 원망스럽기도 했다. 왜 우리는 일본을 무조건 나쁜 놈이라고 욕만 하고 있는 것일까. 일본을 옹호하는 것이다. 만약 우리가 역사에 대해 관심을 가지고, 제대로 알고 일본에 추궁을 한다면 나는 이해를 할 수 있다. 그런데 왜 우리는 국사가 필수과목이 아닌 선택과목으로 전락하는 것을 그냥 보고만 있을까, 어떤 사람들은 말한다. 30년 후에 독도는 우리 땅이 아니게 되고 만주 역사도 우리 역사가 아니게 된다고. 우리는 그냥 비판만 할 것이 아니라 역사에 더욱 관심을 가지고 확실한 증거를 들어 제대로 된 역사를 알아야 한다. 분쟁이 아닌 대화를 통해 일본이 진심으로 하는 사과를 받아야 한다고 생각한다. 분명 이 책

은 쓴 지 10년이 다 되어가는 책이지만, 지금 읽어도 우리
가 충분히 공감할 만한 책이라고 생각한다.

영화 「오페라의 유령」을 보고 ✦

올해 초, 나는 뮤지컬 「오페라의 유령」을 관람한 적이 있다. 그 뮤지컬을 보기 전에, 나는 극의 어두운 분위기에 그 내용을 찾아볼 생각조차 하지 않았다. 그래서 모두 영어로 돼 있는 그 공연을 제대로 이해하지도 못하고, 감동을 받지도 못했다. 그 후 나는 오페라의 유령이 영화로도 있다는 것을 알게 되었고, 집에서 DVD를 찾아 영화를 보았다. 오페라를 배경으로 한 뮤지컬을 배경으로 하는 영화라니! 정말 참신했다.

「오페라의 유령」은 뮤지컬을 기본으로 하다 보니 1막과 2막으로 나누어진다. 영화에서는 뚜렷하게 구분이 되진 않지만, 중간중간에 현재의 장면이 나와서 한 막의 끝남과 시작을 알려준다. 줄거리를 간추려 보자면 먼저 오페라하우스가 나온다. 그곳에서는 경매가 한창이다. 그리고 어떤 노신사가 과거를 회상한다. 경매가 있기 수십 년 전의 오페라하우스. 새로운 오페라 '한니발'의 리허설이 한창이다. 연습 도중 갑자기 무대 장치가 무너지는 사고가 발생한다. 사람들은 오페라의 유령이 한 짓이라고 수군대고, 화가 난 프리마돈나 칼롯타는 안전이 확보되기 전까지는 무대에 설 수 없다고 선언하며 극장을 떠난다. 발레 감독인 마담 지리는 어디에선가 자신의 월 급여와 5번 박스석을 비워둘 것을 요구하는 유령의 메시지를 가져와 새로운 매니저들에게 전달한다. 칼롯타의 빈자리를 대신해서 크리스틴이 공연을 멋지게 성공한다. 객석에는 오페라 하우스의 새로운 재정 후원자인 귀족 청년 라울이 앉아 있었다. 그는 한눈에 크리스틴이 어린 시절 함께 놀던 친구였음을 알아본다.

분장실에서 크리스틴은 라울의 축하를 받으며 재회한다. 라울이 저녁 식사를 약속하고 잠시 자리를 비운 사이, 대기실에 혼자 남은 크리스틴은 갑자기 거울 뒤에서 들리는 목소리에 소스라치게 놀란다. 반쪽 얼굴을 하얀 가면에 가린 연미복 차림의 유령은 마치 마법이라도 걸듯이 크리스틴을 이끌고 미로같이 얽힌 파리의 지하 하수구로 사라진다. 검은 돛단배에 앉은 크리스틴은 묘한 두려움과 함께 유령의 매력에 사로잡힌다. 낮과 밤의 구분조차 모호한 지하 세계의 어둠 속에서 유령은 크리스틴에게 자신의 음악을 가르치겠노라고 노래한다 며칠 후, 새로운 오페라에서 크리스틴을 주인공으로 기용하라는 유령의 메모를 극장 매니

저들이 거절하자 공연 중에 직원인 죠셉 부케가 살해당하여 무대가 온통 뒤죽박죽이 된다. 라울과 크리스틴은 유령을 피해 오페라 하우스의 지붕으로 피신한다. 둘의 대화를 엿들은 유령은 사랑과 질투에 휩싸여 복수를 결심하며 샹들리에를 무대 위로 떨어뜨린다. 이것이 1막의 끝이 된다.

소동이 있은 후 6개월 동안 유령은 나타나지 않는다. 그 사이 크리스틴과 라울은 남몰래 비밀 약혼을 한다. 무도회 중에 유령이 나타나 자신이 작곡한 오페라 '승리의 돈 주앙'을 오페라 하우스의 재개막 공연으로 무대에 상정하라고 협박한다. 라울은 이번 기회에 유령을 사로잡을 계획을 꾸민다. '승리의 돈 주앙'은 삼엄한 경비 속에 무대에 오른다. 극의 절정에서 크리스틴은 돈 주앙의 가면을 벗겨 유령의 정체를 폭로한다. 무대 반대쪽에서 목이 매여 살해된 남자 가수 피앙지가 발견되고, 그 혼란을 틈타 유령은 크리스틴을 납치해 자신의 지하 은신처로 달아난다. 유령의 만행에 분노한 군중들이 유령을 잡으러 지하세계로 몰려든다. 유령의 은신처에 가장 먼저 다다른 사람은 마담 지리의 도움을 받은 라울이었다. 그러나 흥분한 라울은 유령이 자신의 뒤에 다가서는 것을 눈치 채지 못하고, 결국 유령이 사람을 죽일 때 쓰는 마법의 밧줄에 목이 매달리고 만다. 유령은 크리스틴에게 자신과 영원히 같이 살든지 아니면 라울의 죽음을 선택하라고 요구한다. 흉측스러운 외모와는 달리 순수한 영혼을 지닌 유령의 존재를 이해하게 된 크리스틴은 유령에게 다가가 키스한다. 유령은 크리스틴의 행동에 감동을 받아 라울을 풀어 준다. 이윽고 군중들이 자신을 사로잡기 위해 점점 다가오자 유령은 라울과 크리스틴에게 자신을 남겨둔 채 떠날 것을 요구한다. 사람들이 유령의 은신처에 다다랐을 때 그곳에 남아 있는 것은 유령의 하얀 가면뿐이었다.

영화를 다시 한 번 이해하면서 보며, 나는 눈물을 흘렸다. 이것보다 순수하고 슬픈 사랑 이야기는 없을 것이다. 특히 자신의 모습을 제대로 드러내지 못하고, 자신을 음악의 천사라 포장해 다가갈 수 밖에 없는 팬텀이 너무 안타깝고 슬펐다. 그리고 극중 음악이 너무나 아름답고 웅장했다. 올해, 「오페라의 유령」의 속편인 「러브 네버 다이」가 개봉하는데, 그것도 너무나 기대가 된다.

걸리버 여행기 ☆

심심해서 볼 만한 영화를 찾다가 잭 블랙 주연의 「걸리버 여행기」라는 영화를 보았다. 그 유명한 소설 『걸리버 여행기』를 원작으로 한 코믹 영화인데, 영화 자체는 재미있었지만 원작 소설과 맞지 않는 부분이 많다고 좋지 않은 평을 듣기도 한다. 평소 걸리버 여행기라고 하면 거인국과 소인국 이야기밖에 몰랐던 나는 한번 제대로 읽어 보고 싶어 책장에 있던 책을 찾아 꺼냈다. 걸리버 여행기는 작가인 조나단 스위프트가 걸리버라는 등장인물을 빌려 여행기 형식으로 쓴 소설이다. 보통 우리나라에서는 1부 릴리퍼트와 2부 브롭딩낵, 각각 거인국과 소인국 이야기만 잘라내어서 어린이를 위한 동화로 출판하는 경우가 많다. 하지만 걸리버의 여행기는 3부 천공의 섬 라퓨타를 포함한 학자들의 나라와 4부 휴이넘의 나라까지의 이야기가 있다. 이 소설은 전체적으로 1인칭 시점으로 전개되기 때문에 주인공 걸리버가 보는 모습을 생생하게 알 수 있다. 또한 소설일지라도 여행기의 형식으로 날짜 같은 것들도 모두 세심하게 다

룬 조나단 스위프트의 노력도 알 수 있었다.

1부의 소인국에서 걸리버의 눈에 보인 사람들은 너무나도 작았다. 당시 릴리퍼트는 적국인 블레푸스쿠와 전쟁을 했는데, 그 이유와 전쟁을 하는 모습마저 아이들의 장난감 놀음처럼 작고 하찮아 보였다. 어릴 때 릴리퍼트 이야기를 읽었을 때에는 '이렇게 작은 사람들이 사는 나라가 있으면 얼마나 아기자기하고 재밌을까?'라는 생각밖에 없었지만, 지금 다시 읽어 보니 인간들이 만든 국가라는 것이 얼마나 우스꽝스러운지에 대한 비판처럼 보인다. 1부 릴리퍼트에서 인간을 축소해 하나의 국가와 사회를 빗대었다면 2부 브롭딩낵, 거인국에서는 사람들 하나하나를 확대시켜 사람이 얼마나 어리석은지 그 모습을 보여준다.

3부 학자들의 나라에서는 인간의 지식에 관한 이야기가 주가 된다. 여러 나라들 중에서도 천공의 섬 라퓨타는 그런 지식을 이용해 다른 사람들을 지배하는데, 라퓨타의 식민지들 중 하나인 린달리노는 저항을 통해 식민지 신세에서 벗어난다. 마지막으로 4부는 내가 읽고 엄청난 충격을 받은 부분이다. 말들의 나라는 휴이넘이라 불리는 말들이 인간처럼 발달해 사회를 이루어 사는 이야기이다. 그리고 이 나라에서 인간은 휴이넘들에게 야후라고 불리는 미개하고 야만적인 종족으로, 지능도 문명도 없기 때문에 엄청나게 추악한 존재라고 묘사된다. 반면 휴이넘들은 완전히 이상적인 존재들로, 어떻게 보면 지식을 가졌지만, 가장 비인간적이다. 걸리버는 결국에 휴이넘을 너무 존경한 나머지 휴이넘처럼 행동하는 수준까지 이르렀고, 다시 고국으로 돌아와서도 사람들은 피하고 마구간의 말들하고만 이야기하게 된다.

조나단 스위프트는 이 소설을 출간할 때에 자신의 이름이 아닌 또 다른 사람의 이름으로 출판업자와 거래했고, 편집자가 내용이 너무 충격적인 탓에 임의로 삭제를 하였다가 작가와 싸우는 등, 걸리버 여행기는 작가 스스로도 알고 있을만큼 엄청난 풍자 소설이다. 4부의 이야기에 걸쳐 작가는 인간의 모든 것을 풍자하고 비판하는데, 1부에서는 국가, 2부에서는 개개인, 3부에서는 지식, 그리고 마지막 4부에서는 인간이 아닌 말을 엄청난 이성의 존재로 삼는다. 나는 이 4부 휴이넘의 나라가 계속 마음에 걸리는 것이, 아무리 휴이넘들이 완전한 이성을 가지고 있다고 해도 그것을 인간이 따라야 한다는 것은 아니라고 생각된다. 소설 중 휴이넘에 관한 묘사를 보면 다른 사람의 자식이 죽었을 때 자신의 아이를 대신 준다든지 하는, 인간을 가장 인간답게 만드는 것들이 결여되어 있다. 반면에 야후는 인간과 닮아 있고 본성이 서로 반목적이지만 전혀 인간적이지 않다. 하나는 이성이 아예 없고 다른 하나는 이성밖에 없어서 완전히 반대되지만 결국에는 둘 다 비인간적이라는 것이다. 걸리버는 휴이넘들의 이성에 매혹되어 어떠한 의심의 여지도 없이 자신의 이성은 무시하고 무조건 휴이넘을 따른다. 이러한 것들을 전체적으로 생각해 보았을 때, 조나단 스위프트는 처음에는 인간이 만들어 낸 것들을 풍자하다가 4부에 와서는 인간의 생각, 인간 그 자체를 풍자한다. 걸리버 여행기라는 소설은 조나단 스위프트의 상상력과 문장도 좋지만, 그 속에서 이야기하는 풍자가 진정한 매력인 것 같다.

치숙 ✦

　습하고 더운 여름, 불쾌지수는 높아지고 몸은 둔해졌다. 다른 때라면 컴퓨터라도 했을 텐데, 모니터가 내뿜는 열기마저 더워 거실로 나가 선풍기를 켰다. 아무것도 하지 않고 가만히 있기에는 너무 심심해 옆에 있던 태블릿 PC를 집어 들고 아무 생각 없이 e-북 관련 앱을 실행했다. 전에 할인할 때 세트로 e-북을 많이 사둔 적이 있는데, e-북이란 것 자체가 조금 불편하기도 해서 많이 읽고 있지는 않았다. 읽기 좋은 단편 소설을 찾던 중에, '치숙'이라는 단어가 눈에 띄었다. 처음 들어보는 단어, 딱 읽기 좋은 분량. 호기심에 나는 그 자리에 누워 소설을 읽기 시작했다.

　『치숙』은 채만식이 동아일보에 연재한 단편소설이다. 치숙이라는 단어는 인터넷 사전에서 찾아봐도 나오지 않았는데 이 소설에 관한 글을 찾아보니 어리석다는 뜻의 치와 아저씨 숙을 합해 만든, 어리석은 아저씨라는 뜻이었다. 이 소설은 서술자인 조카의 1인칭 시점으로 진행되는데, 조카는 일제강점기의 한 일본인 상점의 점원으로 적극

적으로 일본 문화를 동경하며 일본인처럼 살고 일본 마누라도 얻으려고 하는 친일 행위를 한다. 그가 작중 내내 언급하며 풍자를 하는 고모부는 대학까지 나와 사회주의 운동을 하다 체포돼 징역을 살고, 고모가 옆에서 힘들게 병수발을 들어야 할 만큼 몹쓸 병까지 걸려 앓아눕고 만다. 서술자는 소설 내내 고모부를 평화로운 시대에 쓸데없이 이상한 수작을 부리다 다 잃은 한심한 사람이라며 험담을 늘어놓는다. 이 정도면 어느 정도 친일 논란이 있는 채만식이 일제에 순응하지 않고 사회운동을 하는 지식인들을 풍자하려는 소설로 보일 수 있다. 소설의 처음 부분에서는 진짜로 서술자가 상식적이고, 고모부는 어리석어 보인다. 하지만 소설이 전개될수록 피식피식 웃음이 새어 나오기 시작한다. 이 소설에서 작가가 풍자하려는 대상은 서술자이다. 서술자의 입을 빌려 고모부를 풍자하지만, 고모부를 비판할수록 조카가 훨씬 더 우스꽝스럽게 느껴진다. 서술자는 자신의 무지로 스스로를 풍자하는지도 모르고 나중에 가서는 "아저씨는 하루 속히 죽어야 한다."라고 말할 정도가 된다.

이 소설이 처음 발간된 지도 팔십 년이 넘어 이제는 잘 쓰지 않는 어려운 단어들도 많았지만, 작품을 읽는 것이 힘들지는 않았다. 오히려 소설을 읽어 갈수록 더욱 빠져들게 된다. 처음에 이런 풍자 방식을 발견했을 때는 재밌어서 웃음만 나왔지만, 계속 곱씹고 읽을수록 더욱 감탄하게 되었다. 이 소설은 다른 것을 다 제쳐두고서라도 이 풍자 형식 하나가 계속 생각나서 다시 읽게 될 것 같다.

4장

재한이의 소망

재한이가 봉황중학교에서 다양한 소재로 글쓰기 활동을 한 귀중한 자료를 담았습니다.

계유정난에 대한
영어 스토리텔링 연극 대본 ✦

안녕하십니까, 저는 봉황중학교의 김재한이라고 합니다. 여러분, 마곡사에 대해 알고 계신가요? 네, 마곡사는 큰 절입니다. 충남의 70개의 절을 관할하는 큰 절이면서, 갑사와 함께 공주의 대표적인 절이기도 합니다. 그럼 마곡사에 가 본 적이 있으신가요? 마곡사는 태화산에 위치한 사찰로, 마곡사가 위치한 물과 산의 형세는 태극형이라고 하여 『택리지擇里志』, 『정감록鄭鑑錄』 등에서는 전란을 피할 수 있는 십승지지의 하나로 꼽고 있습니다. 그래서 마곡사에는 옛 건물들과 빼어난 문화재들도 많습니다. 마곡사의 지정문화재로는 보물 7점, 충청남도 유형문화재 6점, 충청남도 문화재자료 5점 등 총 18점이 있습니다. 대표적으로는 마곡사 5층 석탑, 마곡사 영산전, 마국사 대웅보전 등이 있습니다.

하지만 제가 오늘 제가 이야기할 것은 바로 이것입니다. 여러분은 이것이 무엇인지 아시겠습니까? 이것은 지금 마곡사 대광보전에 보관되어 있습니다. 이것은 조선의 7대 왕 세조가 탔던 연, 가마입니다. 반세기 전의 왕이 타던 연이 왜 지금까지도 이 절에 보관되어 있는 것일까요? 이 연에 얽힌 이야기는 세조와 계유정난, 김시습의 이야기입니다. 이것의 이야기를 하기 위해서는 약 550년 전 조선으로 돌아가야 됩니다. 560년 전, 1453년 조선에는 쿠데타가 일어납니다. 이 쿠데타를 일으킨 사람은 다름 아닌 당시 왕인 단종의 숙부였던 수양대군이었습니다. 계유년에 일어나 계유정난이라 불리고, 수양대군이 김종서·황보인·정분 등 3명의 재상을 비롯한 정부의 핵심인물을 죽이고 가장 강력한 경쟁자였던 셋째 아들 안평대군을 강화로 귀양 보내고 죽인 뒤 권력을 잡은 사건입니다. 결국 1455년 단종을 폐위시키고 스스로 왕위에 올랐습니다. 그리고 이때 계유정난과 관련해서 사육신과 생육신이 생겨났는데, 사육신은 단종을 복위시키려다 죽은 신하들을 뜻하고, 생육신은 단종을 위하여 세상과 연을 끊고 절개를 지킨 6명의 신하들을 뜻합니다. 그리고 김시습도 그 6명 중 한명이었습니다.

계유정난에 대한 소식을 들은 그는 3일간 통곡하며 스스로 머리를 깎고 유랑 생활을 시작했다 합니다. 그는 무주 덕유산 백련암에 십여 년 간 있다가 마곡사로 왔습니다. 그는 마곡사 벽안당에 머물면서 사육신 등 단종 복위 과정에서 억울하게 죽은 영혼들을 달래 주고 있었습니다. 평소 김시습은, "비록 왕이라 한들 세상을 역경 속에 처하게 한 군주는 군주가 아니라 폭군이다."라고 말하였습니다.

마침 왕이 된 수양대군이 여러 절들을 찾아다닐 때 김시습이 마곡사에 있다는 소식을 들었습니다. 세조는 평소 벼슬을 내려도 받지 않고 절의를 지키며 충신답게 사는 그를 만나 보고자 마곡사로 향하였습니다. 그런데 김시습은 폭군이라고 생각하는 세조가 마곡사에 온다는 소식과 자기를 한번 만나 보고 싶다는 전갈을 듣자, "이제 그 사람은 만나서 무엇 한단 말이냐." 하고는 여장을 챙겨 다른 곳으로 자취를 감추었습니다.

세조가 김시습을 만나고자 찾아왔으나 그가 없어 만날 수 없게 되자 크게 통탄하면서, "김시습이 만나 주지 않으니 나는 임금이 아니로구나!" 하였습니다. 또 한편으로는 김시습의 높은 절개를 기리면서, "시습이가 나를 버리는 불당 앞에서 어찌 내가 보련을 타고 가리." 하고는 타고 온 보련을 이곳에 남기고 갔습니다. 그리고 그 보련이 지금까지 보존되어 있는 것입니다.

여러분들은 이 이야기에서 무엇을 느끼셨나요? 마곡사에는 정말 귀한 유물들이 많다? 세조는 나쁜 왕이었다? 그것은 각자 해석하기 나름입니다. 일단 표면적으로는 이 이야기가 마곡사와 세조의 연에 대한 이야기이기 때문입니다. 하지만 저는 이 이야기가 김시습과 생육신의 절개를 표현하는 이야기인 것 같습니다. 그 굳세고 강한 세조가 연을 마곡사에 두고 간 것은 절개의 상징이며, 세조가 그 절개를 결국은 이겨내지 못했다는 것이지요. 그리고 그 절개는 지금까지도 우리 고장 공주에 남아서 공주를 지키고 있습니다. 감사합니다.

Hello, my name is 김재한. Do you know about Magoksa? Yes, Magoksa is a big temple. It's a big temple which has control over 70 temples at Chungcheong nam do, also, one of Gongju's most famous temples. Then, have you ever been to Magoksa? Magoksa is located at Taehwa mountain. the shape of stream and mountain of it's location looks like taegeuk. So Korean classics like Taekliji, Jeong kam rok said it is one of 십승리지 which can avoid the war. So there are lots of old buildings and eminent cultural properties. There are seven treasures, 6 Chungcheongnamdo tangible cultural assets and 5 heritage material of Chungchoengnamdo in Magoksa, in total 18. Magoksa 5 floors stone tower, Yeongsanjeon, Dae woongbojeon is representative cultural assets in magoksa. However, Today, I'm going to talk about this. Do you have any idea what it is? Now it is kept at Magoksa DaeKwangbojeon. And this is palanquin of King Sejo, the 7th king of Joseon Dynasty. It is called boryeon in Korean. Why this palanquin from half a century ago is still at this temple? The story about this palanquin is also the story about, Sejo, Kim Si Seup and Gyeyoo Jung nan. To talk about this, We have to travel back in time about 550 years to the Joseon Dynasty. At 1453, there was a coup at Joseon. And the leader of the coup was surprisingly, Prince Sooyang who was Uncle of the King Danjong. It is called GyeYoo Jung nan because it happened at Year Gye You, Prince Sooyang killed key figure of Danjong government like Kim JongSu, Hwang Bo in

Jung Bun. and he killed the most powerful rival Prince YangPyeong After exiled him to Ganghwa. Finally, at 1455, He dethroned Danjong and became a new king. Then, there were Sa Yook Sin and Sang Yook Sin associated with Gye Yoo Jung Nan, Sayooksin means people who died after trying to mack Danjong a king again. Sang Yook sin was 6 people who kept their integrity to Danjong. And Kim SiSeup was one of the 6 people who lived to kpet integrity.

After he heard the coup he cried for 3 days and cut his own hair. And he burned all of his books and began to wander. He stayed at the Muju 백련암 for ten years and came to Magoksa. He stayed at the Magoksa Byeok AnDang and comforted dead souls.

Kim Si Seup ususally said "Even if he is a king, he is a tyrant not a king because he made world into hardship."

Prince Sooyang who became a king, listened to the news which Kim Si Seup was living at Magoksa. He headed to Magoksa to meet Si Seup. But, when he heard the news that tyrant Sejo was coming to Magoksa to meet him. "There is noting to do with him anymore. Why should I meet him..." he said. and he packed his bag and disappeared with no trace. When Sejo came to Magoksa, Si Seup wasn't there. Sejo lemanted deeply because he couldn't meet Si Seup and said "As Kim Siseup doesn't want to meet me, I'm not a real king!" On the other hand, he rated high of siseup's integrity and said "How can I ride a palanquin in front of the temple where siseup abandoned me." Then, he left his palanquin at Magoksa riding a cow. So it is still preserved.

What did you feel from this story? There are really lots of treasures at magoksa? Sejo was a bad king? It depends on you. How you understand this story. It is because this story is about Magoksa and Sejo's palanquin But I want to understand this story as Kim Si Seup's integrity. That mighty, strong Sejo left his palanquin and rode a cow. Palanquin means the integrity.

And Sejo couldn't beat that integrity. And still, it lefts

at our town Gongju. Thank you.

전봉준 우금치전투에 대한 스토리텔링 연극 대본 ✦

등장인물: 할아버지, 손자

[장면 1]

(마임) 두 명이 터널을 만들고 할아버지와 손자는 길을 간다. 그리고 터널 옆에 우금치 전적지가 있다.

손자: 어! 할아버지, 저게 뭐예요?

할아버지: 저거? 우금치 터널이지.

손자: 아니 그거 말고, 그 옆에 있는 거요.

할아버지: 아~ 저거는 우금치 전투 전적지라고 예전에 이
 곳에서 있었던 전투를 기리기 위한 거야.

손자: 어? 이 조용한 숲에 무슨 전투가 있었어요?

할아버지: 궁금하냐?

손자: 네~

할아버지: 그러면 내가 이야기해 줘야지.

손자와 할아버지는 들어간다.

[장면 2]

할아버지: 1894년 2월, 나쁜 탐관오리들 때문에 전봉준이
란 사람이 군을 일으켰지. 근데 관군이랑 일본
군 무기가 너무너무 좋아서 한 번은 실패했단
다. 근데 전봉준이란 사람이 키는 작아도 뜻은
커서, 그거 한 번으로 포기하지 않고 다시 한
번 군을 모았지

손자: 그래서요? 어떻게 되는데요?

할아버지: 녀석두 성급하기는. 그래서 그 길로 바로 진격
을 했지. 그리고 그 군을 이끌고 지금 여기 공
주 우금티로 갔단다.

손자: 왜요? 대전도 있잖아요. 공주는 산도 많아서 가기
도 힘들 텐데……

할아버지: 그때는 공주가 충청감영이었어요. 그리고 산이
많아서 방어하기도 쉬웠단다.

손자: 이제는 총싸움을 하겠네요?

할아버지: 그때 동학농민군에게 무기라고는 죽창과 낫, 농

기구밖에 없었단다. 반면에 일본군과 관군은 그 당시 최첨단 총으로 무장을 하고 농민군을 기다리고 있었지

손자: 그래서 농민군이 이겼어요?

할아버지: 아니, 아무래도 농민군이 불리할 수밖에 없는 싸움이니 점점 밀리기 시작하다가 나중에는 후퇴했지.

손자: 그럼 전봉준은요?

할아버지: 전봉준은 순창으로 피신을 했지만, 김경천이란 사람이 신고를 해서 잡히게 되었단다.

손자: 정말 나쁜 사람이네요.

할아버지: 그렇게 전봉준은 서울로 끌려갔어. 서울에서 엄청난 고문과 유혹을 받았지만 전봉준은 뜻을 굽히지 않았단다. 결국엔 교수형에 처해졌지.

손자: 그런 분을 그렇게 죽이다니…….

할아버지: 전봉준이 죽을 때 백성들은 슬퍼하며 '새야 새야'라는 노래를 불렀단다. 또 전봉준이 시를 하나 마지막으로 남겼는데 이 할애비가 들려주마.

'때가 이르러서는 천지와 함께 했으나 운이 가니 영웅도 스스로 꾀할 바 없구나 백성을 사랑한 정의에 내 잘못은 없노라 나라를 사랑한 붉은 마음 그 누가 알아주겠나'

손자: 정말 멋진 시네요. 할아버지, 정말 재미있는 이야기인 것 같아요. 전봉준 같은 분이 없었더라면 지금의 우리나라도 없었을 것 같아요.

담배 맛있습니까? 그거 독약입니다

학생들이 모두 바삐 등교를 하는 아침, 학교 교문을 지나 학교 쪽으로 걸어가다 보면 몇몇 학생들이 피켓을 들고 홍보를 하고 있는 모습이 보인다. 더 가까이 다가가 피켓의 문구를 읽어 보면 모두 금연에 관한 글들이다. 교내로 들어가 보면 보건실 앞에 담배를 피움으로써 생기는 병들에 대한 배너가 있다. 또, 교내 게시판에는 흡연의 나쁜 점을 적어놓은 커다란 종이가 걸려 있고, 담배를 피우다 적발되어 교내봉사를 해야 하는 학생들의 이름이 쓰인 종이도 걸려 있다. 그리고 자습 시간에도 금연 수업을 하는 것을 보면서, 나는 '왜 그렇게 담배를 해롭다고 하지?'라는 생각이 들었다. 그것도 그럴 것이, 우리 집은 아버지는 물론이고 할아버지, 그리고 친척들까지 모두 담배를 안 피우기 때문이다. 그래서 어렸을 때부터 나쁜 것이라고 들어오기만 했지 직접 그 위험성을 실감할 수는 없었다.

그래서 나는 인터넷에서 금연을 검색해 보았다. 가장 먼저 나오는 것이 연예인에 관한 것이었다. 먼저 2002년에 폐암 말기로 타계하신 한국 코미디계의 거목 이주일 씨에 관한 이야기가 나왔다. 또, 그가 쓴 글들과 그가 생전 암 판정을 받고 금연 홍보에 앞장서서 350만 명 정도가 금연에 성공했다는 것과, 그가 나온 공익광고도 있었다. 그가 쓴 글에는 이런 말이 있었다. "담배 맛있지? 맛있으니까 독약이야! 금연 못 하면 다른 일도 못 합니다. 큰일 절대 못 합니다. 그리고 흡연이 자신에게만 피해를 줍니까? 가족에게 더 큰 피해를 줍니다. 그런데도 그걸 왜 못 끊으십니까?"

또, 최근에는 인기 개그맨 유재석씨의 금연 이유도 화제가 되고 있다. 그는 얼마 전 한 방송에서 "시간이 지날수록 체력적으로 힘들다. 하나를 포기하지 않으면 두 개를 잃는다."며 금연 이유를 밝혔다.

이런 담배를 왜 피는 것일까? 나는 그것이 궁금해서 여러 흡연 이유를 찾아보았다. 흡연자들은 흡연이 스트레스가 생길 때 도움을 주고, 즐거움과 쾌감을 주고, 대인관계를 원활히 해 주고, 체중 조절에 도움을 주며, 긴장을 풀어주고, 따분할 때에도 도움이 된다고 한다. 하지만 이건 그들만의 변명일 뿐 모두 사실은 아니다. 어느 연구결과에 따르면 흡연은 오히려 더욱 스트레스를 준다고 하고, 즐거움과 쾌감, 안정감, 대인관계, 체중조절 같은 것들은 모두 다른 건강한 방법으로도 할 수 있는 것들이다. 또, 요즘 한창 문제가 되고 있는 청소년 흡연에 관한 이유도 다양하다. 청소년 흡연은 호기심으로 시작하는 경우가 많다. 청소년기는 가장 호기심이 왕성한 때이다. 한 설문조사에서 남학생의 31.8%, 여학생의 33.3%가 호기심을 흡연 이유로 답했다. 청소년기에는 자신의 또래 집단, 친구들하고 같이 있는 시간이 더 많다. 또 친구들에게 물들기도 쉬운 시기이다. 흡연 청소년 중에는 호기심보다도 친구들이 피우니까 따라 피우는 경우도 많은 것으로 드러났다. 또한 어른처럼 행동하고 싶어 피우는 경우도 있고, 집안과 부모의 영향도 크다. 부모님이 흡연을 하면 어려서부터 흡연 장면을 접하기 때문에 담배에 대한 거부감이 사라지고, 모방하기도 더 쉬운 것이다. 이들을 총망라하는 원인으로는 스트레스를 들 수 있는데, 우리나라의 청소년은 학업 진로 때문에 받는 스트레스가 심한데 그에 비해 스트레스를 풀 방법은 턱없이 적기 때문에 담배로 스트레스를 해소하려 한다는 것이다.

많은 사람들이, 어른뿐만 아니라 청소년들도, 이런저런 이유로 흡연을 한다. 하지만 흡연은 백해무익이다. 흡연의 많은 해 중에 하나는 바로 경제적인 요인이다. 담배 값은 평균 2,500원 정도인데, 하루에 한 갑을 피는 흡연자는 한 달에 담배값에만 75,000원 정도를 소비하는 꼴이 된다. 또한 흡연을 하면 면역력이 약해져 질병에 취약해지며 의료비가 더 나간다. 하지만 돈으로도 살 수 없는 가장 중요한 것이 있으니, 건강이다. 우선 폐는 직접적인 영향을 받는데 흡연하면 담배에 포함돼 있는 수만 가지 발암물질에 공격을 받게 된다. 하지만 폐는 스스로 재생할 수 있는 능력이 없기 때문에 손상돼 버리면 정상으로 돌아오기 어렵다. 간 손상의 원인이 되기도 한다. 간 기능이 약해지면 쉽게 피로해지고 전체적인 신체 기능이 떨어지는데, 해독 작용이 재대로 이뤄지지 않는다면 간뿐만 아니라 다른 장기에도 영향을 미치게 된다. 또 크게 드러나는 증상이 없으니 본인이 자각하기 어려운 게 바로 간 손상이다.

또한 흡연은 관절에도 좋지 않다. 칼슘 흡수를 방해하고 파괴하기 때문에 골밀도가 낮아진다. 흡연을 하면 혈중 산소량이 줄어들게 되어 머리로 가는 산소량이 줄어 두뇌에도 좋지 않다. 혈관에도 좋지 않다. 담배의 독성은 피를 탁하게 만든다. 피부에도 좋지 않다. 몸의 수분을 빼앗고, 수만 가지 독성분은 깨끗한 피부를 손상시킨다. 그리고 콜라겐 생성을 방해한다. 특히 임산부는 기형아가 생길수도 있으며, 유산의 원인이 되기까지 한다. 면역력이 낮은 노인에게는 다양한 질병을 발생하게 하며, 탈모를 진행시키기도 한다. 담배에는 각성효과도 있어 불면증을 유발하기도 한다.

청소년의 흡연은 더더욱 위험하다. 어려서 담배를 피우면 폐의 완전한 발육에 지장을 주어 성인이 된 후에 폐질환을 일으킨다. 니코틴에 중독되어 끊기가 힘들 뿐 아니라, 폐의 실질 조직의 유전 인자가 변형을 일으키게 되므로 청소년의 흡연을 막아야 하는 또 하나의 중요한 이유인 것이다. 청소년의 세포 조직, 그리고 장기는 성숙하는 과정에 있기 때문에 담배의 독성 물질 또는 화학 물질에 접촉하는 경우 그 손상 정도가 성숙한 세포나 조직에 비해 더욱 커진다. 16세 이하에서 담배를 피우는 경우, 그 피해는 20세 이후에 담배를 시작하는 경우보다 피해 정도가 3배 더 높다고 한다. 청소년기의 흡연이 성인에 이르러서도 계속된다는 것으로 볼 때, 청소년 흡연의 위험은 매우 심각한 것이다. 청소년기에 흡연을 시작하여 계속 흡연하는 사람들은 24년의 수명이 단축되고, 25세 이후에 흡연을 시작한 경우 폐암으로 인한 사망률이 비흡연자의 2.5배인데 비해서 15세 이전에 담배를 피우기 시작한 경우에는 18.7배에 달한다. 그리고 폐암은 80~90%, 방광암은 40%, 심근경색증 사망은 40%, 뇌혈관질환은 50%, 만성기관지염, 폐기종, 만성폐쇄성 폐 질환의 85%가 흡연으로 인해 발생된다.

신세계를 연 콜럼버스로 인해 알려진 담배는 처음에는 약초로 쓰였다. 화폐를 대신하기도 했다. 그러나 흡연의 위험성이 알려지면서 많은 세계인이 담배를 공공의 적으로 돌리고 있지만, 담배는 아직도 난공불락의 성에서 연막작전을 피우고 있다. 수명을 갉아먹는 담배의 힘을 절대로 얕보아서는 안 된다. 8.4cm의 작은 거인에게 세계의 엄청난 사람이 중독되어 매일매일 암과 다른 질병으로 고통받고 있고, 다른 사람에게 웃음을 주었던 이주일도 콜록콜록하며 생명의 끈을 붙잡고 있었지만 결국 담배연기 너머로 사라졌다. 담배와 친하면 어떤 선물을 받게 될까? 의사들에 의하면 폐암, 심혈관질환, 골다공증, 허리디스크가 일단 기본으로 주어진다고 한다. 또, 자신이 마시고 내뿜는 담배연기보다 공중에서 태우는 담배연기가 2~3배 더 독하다고 한다. 그래서 배우자나 태아에게도 자신보다 더 큰 피해를 입힌다.

아무도 담배를 피우는 사람을 멋있다고 보는 사람은 없다. 우리나라도 하루빨리 담배에 대한 교육이 어릴 때부터 이루어져, 흡연자는 '가까이 하기에는 너무 먼 당신'이 되어 전염병 환자보다도 더 무서운 사람 정도의 대접을 받아야 한다.

메달의 색깔,
성별로 구별하지 마세요!

딸 둘 낳으면 금메달, 딸 하나 아들 하나 낳으면 은메달, 아들만 둘 낳으면 목(?)메달이라는 말이 있다.

며칠 전, 나는 엄마와 함께 차를 타고 소망공동체로 가다가 라디오 사연을 듣게 되었다. 어르신들 30명이 태국으로 여행을 가셨는데, 그 여행사 가이드가 그분들께 질문을 던졌다고 한다.

"여러분! 딸이 여행 보내 주신 분들 한번 손들어 봐 주세요!"

그러자 28명의 할아버지와 할머니께서 손을 드셨고, 가이드는 한 번 더 물었다.

"그럼 나머지 두 분은 누가 보내 주신 거지요?"

그러자 그 두 분께서 "아휴, 저희는 사위가 보내줬어요."라고 하면서, 딸을 낳으면 비행기 타고 해외여행가고 아들 낳으면 부엌에서 일만 하다가 늙는다는 내용의 사연이었다.

우연히 딸만 낳은 부부들끼리 여행 온 것일 수도 있는데, 왜 그럴까. 이것이 양성평등에 어긋난다고 생각한 나는 엄마께 여쭤보았다.

"엄마, 저 사연이 과연 사실일까요?"

엄마는 나처럼 양성평등에 어긋난다는 생각을 가지고 계셨고, 나에게 이렇게 대답해 주셨다.

"아니, 그건 성별이 아니라 사람 개개인의 성격 나름이라는 생각이 드는구나. 이 엄마를 봐. 너랑 형님, 아들만 둘 낳았는데도 이렇게 행복하잖아? 재한이는 나중에 엄마 해외여행 시켜 줄 거지? 하하하."

사실 얼마 전까지만 해도, 대를 이어야 했기 때문에 우리나라는 아들을 낳아야 금메달이었다. 그래서 아들을 낳으면 자랑스럽게 집 대문에 고추를 짚으로 엮어서 매달아 놓고 잔치를 벌였다.

할머니 할아버지는 아들에게만 무엇도 사 주고 잘해 주며, 딸들은 아들을 위해 교육도 제대로 받지 못하고 집안의 살림밑천이라며 일을 많이 했다.

또한 결혼을 해서도 아내는 남편을 위해서 무조건적으로 헌신해야 하며, 남편은 부엌에도 들어가면 안 되는 줄 알았다.

그러나 요즘은, 여성들이 사회에 진출하면서 양성평등의 균형이 점점 반대 방향으로 무너지기 시작하는 것 같다.

여성의 사회생활로 여성의 목소리가 점점 커지게 되면서 오히려 남성들이 설 곳이 점차 없어지고 있는 것 같다.

물론 남녀는 서로 신체적인 조건이 다르다. 그러나 그런 것은 중요하지 않다. 중요한 것은 남성 여성이 아니라 그 사람의 성격, 장점이다. 요즘은 남편이 전업 주부를 하거나 아내 대신 육아 휴직을 내고 아이를 돌보는 일도 많아졌다. 그리고 여성들도 전문직을 하면서 훨씬 더 다양한 직업 군을 가질 수 있게 되었다.

우리 집은 아빠와 엄마 두 분 모두 직장을 다니신다. 두 분 모두 학교에서 근무하시는 선생님이신데, 지난해 엄마가 예술고등학교에 가신 뒤로부터는 출장도 훨씬 많아지시고 학생들을 지도하느라 늦게 들어오셔서 집안일을 도맡아 할 수 없으시게 되었다.

남자가 여자보다 더 대우를 받았을 때였으면 엄마는 할아버지께 엄청 혼나셨을 것이다.

"어디서 여자가 집안일도 다 안 하고, 남자에게 집안일을 시키고 밤늦게 돌아다니냐? 직장을 다니더라도 일찍일찍 들어와서 집안일을 해야지!"

하지만 할아버지께서는 하루 2시간씩 출퇴근하시는 엄마에게 직장 다니느라 고생이 많다며 늘 웃으시면서 격려해 주신다.

그렇게 엄마가 늦게 오시는 날이면 아빠께서 엄마보다 조금 일찍 들어오셔서, 집안일을 도와주신다.

이렇게 우리 가족이 집안에서 유일하게 여자인 엄마를 이해해 드릴 수 있는 것은, 남편은 무엇을 해야 하고 아내는 무엇을 해야 한다는 것처럼 집안에서 남편과 아내가 해야 할 일을 구분지어 놓는 것이 아니라, 모두 다 같이 자신이 할 수 있는 일로 서로에게 도움이 되고자 노력하기 때문이다. 이것이 진정한 양성평등 가족이 아닌가 하고 생각한다.

딸 둘 낳으면 금메달, 아들 하나 딸 하나 낳으면 은메달, 아들만 둘 낳으면 목(?)메달.

이 말은 이제 딸이든 아들이든 모두 금메달이라고 바뀌어야 한다.

딸을 낳든 아들을 낳든 모두 호강하며 비행기를 타야 하고, 아들을 낳더라 하더라도 모두가 도와 가며 집안일을 해야 한다.

그런 점에서 나는 우리 가족이 정말 좋다. 그리고 나는 성별에 따른 메달의 고정 관념을 깨기 위해 열심히 노력하고 공부하여 부모님께, 또는 내 미래의 장인 장모님께 남성과 여성으로 평가받기보다는 자신이 할 수 있는 일에 최선을 다해서 양성이 평등한 세상을 보여드리고 싶다.

이 세상 모든 사람들이 금메달을 받는 아름다운 양성평등의 시대를 기대해 본다.

이산가족의
눈물을 멈추게 해 주세요 ✩

　우리 할아버지의 고향은 평안북도 영변군이다. 할아버지는 어린 시절을 그곳에서 보내시고, 한국전쟁이 발발하기 전에 가족들과 함께 남쪽으로 내려오셨다. 전쟁이 일어난 뒤, 할아버지는 징집되어서 일본에서 훈련을 받으셨다. 동족이 서로에게 총을 겨누었던, 우리 민족 최대의 아픔이 잠시 멈추었고, 할아버지는 여기에 정착하셨다. 그 손자인 나도 이곳 공주에서 태어나 공주에서 자라고 있다. 할아버지가 고향을 떠나신 지 반백년도 넘은 지금, 할아버지는 가끔 나에게 고향의 이야기를 해 주신다. "재한아, 이북에서는 말이다."로 시작하는 이북의 이야기. 북에 대한 이야기가 아니라 할아버지의 경험, 할아버지의 삶이다. 할아버지가 고향을 떠나서 충청남도 공주에 정착하기까지가 모두 한반도, 한민족의 역사이다. 할아버지께서 직접 겪은 이야기에는 어딘지 모를 할아버지의 고향에 대한 아련한 그리움이 담겨 있다. 하지만 그 이야기를 듣는 나는, 잊지 말아야 할 우리의 역사를 어느새 '우리'의 이야기가 아닌 '할아버지'의 이야기만으로 생각하게 되었고, 당사지의 눈이 아닌 제3자의 눈으로 보게 되었다.

그러던 도중, 올해 초에 이산가족 상봉이 5년 넘게 이루어지지 않다 마침내 이루어진다는 뉴스가 나왔다. 2월 19일 밤 뉴스에는, 지금은 다 80대가 넘은 이산가족 1세대들이 밤잠을 설치며 다음 날 아침을 기다리는 유스호스텔의 모습이 방송되었다. 그리고 뉴스에서는 그동안의 이산가족 상봉에 대해 설명해 주었다. 이산가족 상봉은 1985년 서울과 평양 간 고향방문단과 예술공연행사 때 처음 이루어지고, 그 뒤로 강산이 한 번도 넘게 변할 시간동안 이루어지지 못하다, 2000년 남북정상회담을 통해 그해 광복절에 제1차 남북 이산가족 상봉이 이루어지게 되었다. 그 뒤로 8년간 순조롭게 이어졌다. 그러다 2010년 천안함 사건으로 다시 이루어지지 않고 있었다. 그해 10월에 어렵게 성사되었지만 연평도 포격사건이 발발하고 완전히 중단되었다. 그로부터 5년 뒤인 2014년, 많은 사람들이 기다리던 이산가족 상봉이 이루어지게 된 것이다.

하지만 안타까운 것은 이산가족들의 연령이 대부분 80대 이상이라 모든 사람들이 생전에 가족을 만날 수 있을지 모른다는 것이다. 이산가족의 등록 현황을 보면, 신청자가 약 13만 명인데 그중에서 생존자가 약 7만 명이고 나머지는 모두 사망자이다. 남북 분단을 직접적으로 경험한 사람들 중에 벌써 절반에 가까운 사람들이 이 세상을 떠난 것이다. 앞으로도 계속 이산가족 상봉이 성사된다는 가정 하에, 1세대들이 세상을 떠난다고 해도 그 후손들이 만나면 된다고 할 수도 있지만, 내가 그랬던 것처럼 직접 전쟁을 겪지 않은 2, 3세대들은 헤어진 가족이 누군지조차 모르는 경우가 많을 것이다. 또 다른 문제는, 이산가족 상봉이 언제 다시 이루어질지 모른다는 것이다. 햇볕정책 아래 수월하게 이루어졌던 이산가족 상봉은 정부가 대북 강경책으로 돌아서며 그 횟수가 뜸해졌고, 올해 이루어진 상봉은 5년 만이다. 이산가족 상봉의 규모도 줄어들고 있다. 전에는 한 번에 1천 명에 가까운 인원들이 상봉하였지만, 이번에는 남측이 84명, 북측이 88명이다. 앞으로는 더 소규모의 상봉만이 이루어질지도 모르는 일이다.

사람은 망각의 동물이다. 남북 분단과 한국전쟁은 이미 60년이 넘어 70년을 향해 가고 있고, 그것을 직접 경험한 1세대들은 대부분이 80세가 넘은 노인들이다. 10년이 더 지나가면 우리 민족의 아픔은 말 그대로 역사 교과서에서만 찾을 수 있을지도 모른다. 그렇기에 우리는 더 잊지 않도록 노력해야 할 것이다. 역사를 산 그들의 아픔을, 그들의 이야기를, 어딘가에서 아직도 흘리고 있는 그들의 눈물을.

외국인 친구와
함께 생각해 본 평화통일 이야기 ✦

나에게는 외국인 친구 두 명이 있다. 한 명은 영국에서 온 폴이고 다른 한 명은 남아프리카 공화국에서 온 컨래드이다. 이 둘은 평소에 한국과 한국 문화에 관심이 많고, 나중에 한국에서 계속 살고 싶다고 한다.

폴과 컨래드와 볼링을 친 토요일, 대학교에서 ROTC를 하고 있는 윤수 형도 와서 다 같이 카페에 가서 파르페와 빙수를 먹으며 이야기를 하였다. 폴과 컨래드가 한국에 대해서 많은 관심을 보이자 인터넷 서핑을 하고 있던 내가 폴과 컨래드에게 기사를 보여 주었다. 이명박 대통령이 유럽 순회 때 독일 베를린 장벽을 방문해 무너진 베를린 장벽에서 대한민국의 염원인 통일의 숨결의 느껴진다고 한 내용이었다. 그것을 보고 폴과 컨래드는 매우 흥미로워했고, 나는 외국인 친구들에게 남북 분단의 상황에 대하여 설명해 주었다. 이렇게 외국인들도 통일에 관심을 가지고 생각하는데, 오히려 우리들은 평소에 통일이란 것을 생각하지 않는 것 같다. 통일이란 단어가 우리에겐 너무 어렵기 때문일까?

우리는 한민족이다. 우리는 같은 역사를 가지고 있다. 같은 선조를 가지고 있다. 같은 아픔을 겪고, 같은 말을 쓴다. 그런데도 서로 생각이 다르고 사상이 다르다는 것 때문에 한민족이 서로 헐뜯고 비방하며 전쟁까지 치르고 긴장감 속에 살고 있다. 하루라도 빨리 이런 것을 없애야 된다는 생각이 든다. 그래서 통일이 될 수 있는 유형을 생각해 보았다. 물론 좋은 방법도 있지만 나쁜 방법도 있다.

첫째, 무력 통일이다. 제2차 한국전쟁을 일으킨다는 뜻이다. 물론 이것을 원하는 사람들은 없을 것이다. 이렇게 하면 통일로 발전하기는커녕 오히려 더 폐허가 되고, 경제도 추락하는 최악의 상황이 된다.

둘째, 전산망 해킹을 통한 정보 전쟁의 통일이다. 지난해, 농협의 전산망을 누군가가 해킹해 혼란이 있었고, 경찰은 이 사건을 북한의 소행이라고 잠정적 결론을 내렸다. 나도 그렇게 생각한다. 이제는 북한도 무조건 총질로만 공격하지 않고, 침입을 할 때에도 해킹으로 통신을 두절시키고 할 것이라고 생각한다. 그러니까 대한민국의 많은 사람이 사용하는 농협을 해킹해서 가능한지 시도해 본 것이다. 우리나라도 정보 강국이니까 어떻게 될지는 모른다.

셋째, 양국의 대표가 만나 협상하는 협상 통일이다. 이것은 피를 흘리지 않고 하는 통일이지만 서로의 사상에 익숙해지지 못해 갈등이 생겨나기도 하고, 지도자를 누구로 할 것인지에 대한 문제도 있어서 오래 가진 못하고 다시 분열될 가능성이 있다고 본다.

마지막으로, 한쪽이 일방적으로 흡수 통일을 할 수도 있다. 이것이 가장 좋다. 협상 통일처럼 달라진 이상에 익숙해지지 못한 사람들이 갈등을 빚어낼 수도 있지만, 하나의 지도자가 잘 대처하면 우리가 통일을 하려는 이유를 충분히 소화해 내며 더 강한 나라가 될 수 있다.

이런 방식 중에서 가장 좋은 것은 네 번째 평화 통일이다. 이렇게 통일을 하면 좋은 점을 써 보겠다.

첫째, 국력이 막강해진다. 지금 남북한은 언제 다시 터질지 모르는 전쟁에 대비해 군사력을 키우고 있다. 그래서 통일이 되면 그 군사력이 다른 선진국 못지않게 커지게 된다. 또, 통일을 하면 국토가 넓어진다. 그냥 한반도만 통일하는 것이 아니라 옛 고구려나 발해 땅까지도 우리나라로 넘어올 가능성이 크게 되는 것이다. 그렇게 인구 밀도를 줄이고 더 많은 곳을 발전시킬 수 있을 것이다.

둘째, 이산가족이 생기지 않는다. 지금도 남과 북으로 갈린 많은 가족과 형제들이 서로를 그리워하며 눈물을 흘리고 있다. 하지만 통일이 된다면 가족 찾기 활동을 활성화시켜 서로가 어디에 있는지를 더 빨리 찾을 수 있어 이산가족 상봉이 쉬워진다.

마지막으로, 지금 남한은 세계 경제 대국 중 하나이다. 남한이 북한과 통일을 한다면 경제는 더욱 살아날 것이다. 지금 북한은 군사적으로만 기술을 쏟아부어 대부분의 국민이 농사를 지으며 살아가고 있다. 그렇다 해도 화폐 개혁 등으로 경제가 더욱 나빠져 대부분의 사람이 굶어 죽고 있다. 만약 남북한이 통일이 된다면 북한의 자연과 남한의 문화유산을 통틀어 관광 코스를 만들어 소득을 올릴 수 있다.

첫 번째 이유에서 나왔듯이 남북한이 통일을 하면 군사력이 강해진다. 그 군사력을 유지하는 데에 비용이 많이 들겠지만, 전쟁의 위험이 없어지니 군사력이 그렇게 많아질 필요는 없어진다. 그렇게 되면, 군사비용으로 쓰일 예산을 다른 곳에 쓰거나 저장해 놓을 수도 있다는 것이다. 또, 북한은 엄청난 지하자원을 가지고 있어 남한의 기술로 그것들을 발굴하기만 한다면 유럽의 경제대국 못지않을뿐더러 복지 정책도 더 나아질 수 있다.

그러나 모든 일에는 장점이 있으면 단점도 있는 법이다. 통일에도 장점만 있는 것이 아닌 단점도 있다.

먼저, 지금 남북한이 사용하고 있는 단어가 다른 것들이 있다. 북한은 외래어를 다 순우리말로 바꾸어 쓰는데, 남한은 서양의 문물과 외래어를 그냥 그대로 쓴다. 이런 경우에는 남한에서 온 사람과 북한에서 온 사람이 서로 소통이 잘 되지 않을 수도 있다. 이 문제를 해결하려면 서로 협의를 해서 적절한 단어를 선택해 쓰는 것이 가장 좋은 방법이 될 것이라고 생각한다.

두 번째로는 여러 차이와 갈등이 생길 것이다. 지금 남북한은 거의 다른 나라나 마찬가지인 것이 되었다. 만약 북한이 남한에게 흡수 통일된다면 북한 국민들은 자본주의 체제에 적응하지 못하여 열등감을 가져 더욱 갈등이 생길 것이다. 그리고 흡수 통일이 아닌 협상 통일이라면, 서로 정부에서 지도자를 누구로 할 것인지에 대한 갈등이 일어날 수 있다. 또, 지금 남북한은 빈부격차가 매우 크다. 통일이 되면 경제가 발전해 그 빈부격차를 어느 정도 줄일 수는 있다고 하지만, 그래도 남아있는 편견 때문에 빈부격차를 줄일 수 없을 수도 있다. 그러면 가난한 측이 일어나서 그런 것을 막으라고 시위를 할 수도 있다. 사회 분열과 갈등이 생기게 되는 것이다. 이런 갈등과 차이를 극복하려면 오랜 시간의 이해가 필요하다.

그래서 통일을 위해 우리는 어떻게 해야 하는가? 이것은 어느 직위에 있냐, 무슨 일을 하느냐에 따라서 해야 할 일이 달라진다.

먼저 정부가 해야 할 일이 있다. 통일외교정책을 활성화시켜야 한다. 지금까지도 꾸준히 정상회담을 하고는 있지만 너무 약하다는 생각이 든다. 따라서 더 자주, 오래 정상회담을 가져야 한다고 생각한다. 그리고 나라의 미래인 학생들에게 편견을 버릴 수 있는 교육정책과 북의 학생들과 만나서 이야기를 나눌 수 있는 기회를 만들어 주어야 한다. 또한 북에 대한 지원도 많이 해 주어야 한다. 지금 우리나라는 쌀이 많다. 하지만 북에는 쌀이 없다. 따라서 쌀과 필요한 식량, 약품 등을 북으로 보내 어느 정도 빈부격차를 줄여야 한다.

정부가 먼저 움직여야 한다면 국민도 그것에 따라 주어야 한다. 국민이 할 수 있는 일도 많다. 국민이 가장 먼저 할 일은 마음을 바꾸는 것이다. '통일은 뭐 정부가 알아서 하겠지.'라는 생각을 버리고, '통일은 우리가 만들어 가는 것이야, 열심히 하자!'라는 생각을 가져야 한다. 그리고 정부의 북 지원에 반감을 가져서는 안 되고, 남북전쟁을 일으켜 우리나라를 침공한 그들의 생각은 무조건 나쁘다는 생각, 또 아무것도 모르는 사람이라도 북에서 살았다는 것만으로 다 같다는 편견을 버려야 한다.

그리고 다른 나라의 예를 생각해 보며 어떻게 해야 더 안정적이고 제대로 된 통일을 이룰 수 있을 것인지에 대해 생각해 보아야 한다. 예를 들어 독일 같은 경우에는 서독일이 동독일을 발전된 기술로 흡수하여서 베를린 장벽을 허물고 서로 부둥켜안는 흡수 통일을 하였다. 두 번째 예로, 베트남은 부정부패로 물든 남베트남을 북베트남이 무력으로 통일하였다. 그 피해는 여전히 땅에 독극물로 남아있지만 서로 화회를 거쳐서 지금은 세계 최고의 쌀 수출국이 되었다.

마지막으로 국민들도 다름을 이해해야 하는 마음, 나보다는 가족, 사회, 나라를 먼저 생각하는 마음, 화회와 서로 나누는 마음을 가져야 한다.

이렇게 통일을 하면 좋은 점이 많은데, 우리는 왜 그러지 못할까, 왜 서로를 이해하지 못할까. 통일해서 앞으로 생길 수 있는 단점들이야 우리가 힘을 합쳐 대화로 해결하면 된다. 앞으로 우리에게 통일을 위해 남겨진 숙제는 많다. 정부도 북한에게 더 식량 원조를 해 주고, 우리 국민들도 북한을 이해하려는 마음을 가지고 생각하면 우리에겐 어려운 단어였던 통일이 가깝게 느껴질 것이다. 멀지 않은 미래에 38선을 넘어, 한탄강을 건너, 휴전선을 허물며 서로 부둥켜안고 달력에는 '남북통일기념일'이 씌어져 있을 날을 위해 다시 한 번 우리의 소원은 통일이라고 기도해 본다.

5장

재한이의 열정

재한이가 봉황중학교 원어민 교사 Maggie와 함께 공부한 영어 에세이를 담았습니다.

1-1. electricity

Topic: *What piece of technology would be the hardest to live without and why?*

Nowadays, everything around us is based on technologies. Technologies has made our lives more convenient. In other words, there would be no transportations, computers, phones without technologies. If we don't have technologies, it would be inconvenient and hard to live. Among technologies, I think it would be the hardest to live without the electricity. There are 3 reasons why electricity is the most important technology.

First, every electronics needs electricity to work. Machines we use every day are all electronics. From home appliances like refrigerators to smartphones, our lives are closely related to electronics. Without electricity, electronics would be useless and we would go back to the 18[th]century.

Second, electricity lights our night. Long time ago

when we didn't know what electricity is, people used to go to bed early. The night was dark and candles weren't enough to light the house. Thanks to electricity, we are able to control the darkness.

Lastly, electricity saves and keeps people's lives. Defibrillator saves people who had heart attack by making an electric shock to their hearts. Electricity is especially important in hospital. Life-support machine won't work if there's no electricity and many patients will die without any treatment.

Imagine blackout, a world with no electricity. We cannot use machines around us, can't go outside in the night and many people would die. Thanks to electricity, we are living in a convenient world.

1-2. electricity 2nd ver.

Topic: What piece of technology would be the hardest to live without and why?

Nowadays, everything around us is based on technology. Technology has made our lives more convenient. In other words, there would be no transportation, computers and phones without technology. If we don't have technology, it would be inconvenient and hard to live. I think it would be the hardest to live without electricity. There are 3 reasons why electricity is the most important technology.

First, every electrical appliance needs electricity to work. For example home appliances like refrigerators and smartphones are used daily. We check our schedule, chat with friends, and listen to music with smartphone. Without electricity, electronics would be useless and we would go back to the 18thcentury.

Second, electricity lights our night. A long time ago when we didn't know what electricity was, people used to go to bed early. The night was dark and candles weren't enough to light the house. Thanks to electricity, we are able to control the darkness.

Lastly, electricity saves and sustains people's lives. For example a defibrillator saves people who have a heart attack by sending an electric shock to their heart. Electricity is especially important in hospitals. Life-support machines won't work if there's no electricity and many patients can die without treatment.

Now, imagine blackout and a world without electricity. We cannot use machines, we can't enjoy our hobby after work in night and many people could die.

Thanks to electricity, we are living in a convenient and handy world.

2-1. favorite scene from a book

Topic: Describe your favorite scene from a book. Explain why you cohse it and how did it make you feel.

It was June. I was studying for my final exam. I had lunch and turned on a tv just to take some rest. Then, I saw a movie trailer from the program which introduces new movies. The movie seemed special, and different from other movies. I searched it on the internet and found out that the movie was based on a best selling novel, The 100 year old man who climbed out the window and disappeared. I just couldn't wait till July when the exam finishes so I ordered the book online right away. As soon as the exam finished, I started to read the book and finished reading in a week.

Story itself is very simple. A 100 year old man, Alan, runs away from the nursing home in his 100th birthday and steals a bag full of money from a gang member. The police tries to find him while gang leader chases him to take his money back. What's interesting is that there is another stories about Alan's life inside the main story. The book is composed with 29 chapters and epilogue, and the main story and stories crosses. For example, from chatper 1 to 3 are main stories and then chapter 4 is Alan's past story. The story starts from the present, the moment Alan runs away from the nursing home, and the last chapter is same with the first chapter. The last chapter also describes Alan runs away from the nursing home. This is because the stories about Alan's life finally comes to the moment when Alan's 100th birthday while the main story ends up describing few months after the birthday. This scene, the last chapter is what I want to choose for my favorite scene. When I read this scene, I was very shocked and literally couldn't move for minutes. I never thought that the writer would finish the book like this. Then, I felt the sense of accomplishment. Soon I also felt like I just lived Alan's life. It was very clear and good ending. After few seconds, I started to think about the story of the book, what happened next.

It was very creative idea that I've never seen. I think I would never forget this book because of it's last chapter.

2-2. favorite scene from a book revised

> Topic: Describe your favorite scene from a book.
> Explain why you chose it and how did it make you feel.

It was June and I was studying for my final exam. I decided to take a little study break. I had lunch and turned on ~~a~~the ~~T.V.~~T.V. ~~just to take some rest. Then, I~~ thensaw a movie trailer from the program, (comma is needed)which introduces new movies. The movie seemed special, and different from other movies. I searched it on the internet and found out that the movie was based on a best selling novel, <u>The 100 Year Old Man who climbed out the window and disappeared</u>. I just couldn't wait untill July when the exams ~~finishes~~finished. So, I ordered the book online right away. As soon as ~~the exam finished~~ my exams ended, I started to read the book and finished ~~reading~~ it in a week.

The ~~s~~Story itself is very simple. A 100 year old man, Alan, runs away from~~a~~ ~~the~~nursing home ~~in~~ onhis 100th birthday and steals a bag full of money from a gang member. The police ~~tries~~try to find him while the gang leader is also chasing him. ~~to take his money back.~~ What's interesting is that there ~~is~~ are ~~another~~ stories about Alan's life inside the main story. The book is composed ~~with~~ of 29 chapters, ~~and~~an epilogue, ~~and~~the main story and all the stories ~~crosses~~. For example, from chatper 1 to 3 ~~are~~ it's the main story ~~stories~~and then chapter 4 is Alan's past story.

The story starts from the present, the moment Alan runs away from the nursing home, and the last chapter ~~is same with the~~ circles back to the first chapter. The last chapter also describes Alan ~~runs~~ running away from the nursing home. ~~This is because the stories about Alan's life finally comes to the moment when Alan's 100th birthday while the main story ends up describing few months after the birthday.~~ Give details! Do the gangsters catch Alan? Does the police catch Alan? Does Alan die?

~~This scene,~~The last chapter contains ~~is what I want to choose for~~ my favorite scene. ~~When~~After I read ~~this~~the last scene, I was very shocked and ~~literally~~ couldn't move for a few minutes. I never ~~thought that~~ expected the writer ~~would~~ to finish the book the way ~~like~~ he did. ~~this. Then, I felt the sense of accomplishment. Soon I also felt like I just lived Alan's life~~. It was a very clear and creative ~~good~~ ending. ~~After few seconds, I started to think about the story of the book, what happened next.~~ The last scene put the entire story into perspective and left me with a sense of comforting closure.

~~It was very creative idea that I've never seen.~~ I think I ~~would will~~ never forget this book because of its unique last chapter.

2-3. favorite scene from a book rewritten

> *Topic: Describe your favorite scene from a book.*
> *Explain why you chose it and how did it make you feel.*

It was June and I was studying for my final exam. I decided to take a little study break and turned the T.V. Then I saw a movie trailer from the program, (comma is needed) which introduces new movies. The movie seemed special, and different from other movies. I searched it on the internet and found out that the movie was based on a best selling novel, The 100 Year Old Man who climbed out the window and disappeared. I just couldn't wait until July when the exams finished. So, I ordered the book online right away. As soon as my exams ended, I started to read the book and finished it in a week.

The story itself is very simple. A 100 year old man, Allan, runs away from a nursing home on his 100th birthday and steals a bag full of money from a gang member. The police try to find him while the gang leader is also chasing him. Throughout the story, Allan and his friends resolve problems thanks to the 100 year old man's wisdom in hilarious ways. Finally, the detective and the gang leader also become his friend and they live peaceful lives in Bali.

What's interesting is that there are other stories about Allan's life inside the main story. The book is composed of 29 chapters, an epilogue. The main story and all the stories cross. The story starts from the present, the moment Allan runs away from the nursing home, and the last chapter circles back to the first chapter. The last chapter also describes Alan running away from the nursing home.

The last chapter contains my favorite scene. Allan running away from the nursing home. After I read the last scene, I was very shocked and couldn't move for a few minutes. I never expected the writer to finish the book the way he did. It was a very clear and creative ending. The last scene put the entire story into perspective and left me with a sense of comforting closure.

I think I will never forget this book because of its unique last chapter.

3-1. future job

Topic: *What jobs will be in demand in the future and why?*

Aristotle said, 'Human is social animal.' As a social animal, people has made job to maintain social life. At early form of society, there were very little numbers of job. The number of job increased as human developed technology. In 21 century, there are more than 20 thousand jobs, and it is very important for people to choose right job for themselves. Professionals expect there will be many new jobs in the future. I am going to introduce 3 new jobs in the future.

First, city farmers (or gardener) will be doing very important work. In big cities, there are many tall buildings, and because of those, the air in the city is not clean. So people made roof gardens to provide clean air to the city. Although the scale is small now, it will become necessary to buildings in the future. Then, people will need specialist to manage roof gardens. Farmers of gardeners will do the work. In the future, city farmer will be a promising job

Second, people will require special repairman. The 3d printer repairman. The 3d printer will be the main machine of future manufacturing which is one-man manufacturing. People will be able to print what they want with 3d printers. Even if 3d printers are expensive nowadays, personal printers will be commercialized just like computers did. The commercialization of computers made a new job, computer repairman. When 3d printers are individualized, 3d printer repairman will provide appropriate service to each customer who wants their own 3d printers.

When people die, we do funeral. In future, there also will be digital funeral. The digital funeral director, is a job which manages and clears information of the dead in the internet. It is also related with the right to be forgotten. People made another world called the internet. However, in this ocean of information, there are some private information which people don't want to leave when they die. The digital funeral director, protects the right to be forgotten. They find all the information online, and delete or save the information depending on the dead and their family's request.

I just introduced 3 jobs but there will be much more jobs than just these. With too many jobs, I think people should think carefully before they choose what they really want to do.

3-2. future job revised

> *Topic: What jobs will be in demand in the future and why?*

Aristotle said, 'Humans ~~is~~ are social animals.' As ~~a~~ social animals, people ~~has have made~~ created jobs to maintain social ~~life~~ lives. ~~At~~ In early ~~form of society~~ societies there were very ~~little numbers of~~ specialized jobs. The number of jobs increased as humans developed technology. In 21st century, there are more than 20 thousand jobs, and it is very important for people to choose the right job for themselves. Professionals expect there will be many new jobs in the future. I am going to ~~introduce~~ discuss 3 new future jobs ~~in the future.~~

First, city farmers (or gardeners) will ~~be~~ serve valuable roles in the future ~~doing very important work~~. In big cities, there are many tall buildings, and because of those, the air in the city is not clean. Do tall buildings cause pollution? If so, how? So people ~~made~~ will create roof gardens to provide clean air to the city. Although the scale is small now, it will become necessary ~~to~~ for buildings in the future. ~~Then,~~As a result, people will need specialists to manage roof gardens. Farmers ~~of~~and gardeners will do the work. In the future, a city farmer will be a promising job.

Second, people in the future will require special repairman. The 3d printer repairman. Fragment sentence The 3d printer, which allows one man manufacturing, will be the main machine of the future ~~manufacturing which is one-man manufacturing.~~ People will be able to print what they want with 3d printers. Even if 3d printers are expensive nowadays, personal printers will be commercialized just like computers ~~did~~. The commercialization of computers ~~made~~created a new job, the computer repairman. When 3d printers are individualized, the 3d printer repairman will provide appropriate service to each customer who ~~wants~~owns ~~their own~~a 3d printers.

When people die, we ~~do~~have funerals. In the future,

there also will be digital funerals. The digital funeral director, ~~is~~will be a job which manages and clears information of~~the~~ dead ~~in~~from the Internet. It ~~What is "it"?~~ is also related with the right to be forgotten. People have made another world called the Internet. However, in this ocean of information, there is ~~are some~~ private information, which people don't want to leave when they die. The digital funeral director will protect the right to be forgotten. They will find ~~all the~~ information online and delete or save the information ~~depending on~~ at the request of the dead and their family.~~'srequest.~~

Restate the three future jobs. ~~I just introduced3~~Three ~~jobs have been presented here~~but ~~there will be much~~ ~~many~~ more jobs than just these. ~~With too~~ so many jobs, ~~I think~~ people should think carefully before they choose what they really want to do. This sentence is off topic. You need a stronger concluding sentence.

3-3. future job rewritten

Topic: What jobs will be in demand in the future and why?

First, city farmers (or gardeners) will serve valuable roles in the future. In big cities, there are many tall buildings, and tall buildings will cause reduction of area of forest. As a result, the air in the city is not clean. So people will create roof gardens to provide clean air to the city. Although the scale is small now, it will become necessary for buildings in the future. As a result, people will need specialists to manage roof gardens. Farmers of and gardeners will do the work. In the future, a city farmer will be a promising job.

Second, people in the future will require special repairman, the 3d printer repairman. The 3d printer, which allows one man manufacturing, will be the main machine of the future. People will be able to print what they want with 3d printers. Even if 3d printers are expensive nowadays, personal printers will be commercialized just like computers. The commercialization of computers created a new job, the computer repairman. When 3d printers are individualized, the 3d printer repairman will provide appropriate service to each customer who owns a 3d printer.

When people die, we have funerals. In the future, there also will be digital funerals. The digital funeral director, will be a job which manages and clears information of the dead from the Internet. Digital funeral is also related with the right to be forgotten. People have made another world called the Internet. However, in this ocean of information, there is private information, which people don't want to leave when they die. The digital funeral director will protect the right to be forgotten. They will find information online and delete or save the information at the request of the dead and their family.

I introduced three jobs, city farmers, 3d printer repairman and digital funeral director. Also there will be more jobs because of technical development. Following this, the choice range will also become broader. So, what will you choose?

3-4. future job rewritten 2nd version

Topic: What jobs will be in demand in the future and why?

Aristotle said, 'Humans are social animals.' As social animals, people created jobs to maintain social lives. I nearly societies there were specialized jobs. The number of jobs increased as humans developed technology. In the21st century, there are more than 20 thousand jobs, and it is very important for people to choose the right job for themselves. Professionals expect there will be many new jobs in the future. I am going to discuss 3 new future jobs.

First, city farmers (or gardeners) will serve valuable roles in the future. In big cities, there are many tall buildings and tall buildings will cause a reduction of forest area. As a result, the air in the city is not clean. So people will create roof gardens to provide clean air to the city. Although the scale is small now, roof gardens will become necessary for buildings in the future. As a result, people will need specialists to manage roof gardens. Farmers and gardeners will do the work. In the future, a city farmer will be a promising job.

Second, people in the future will require special repairman, the 3d printer repairman. The 3d printer, which allows one man manufacturing, will be the main machine of the future. People will be able to print what they want with 3d printers. Even if 3d printers are expensive nowadays, personal printers will be commercialized just like computers. The commercialization of computers created a new job, the computer repairman. When 3d printers are individualized, the 3d printer repairman will provide appropriate service to each customer who owns a 3d printer.

Finally, when people die, we have funerals. In the future, there also will be digital funerals. The digital funeral director, will be a job which manages and clears information of the dead from the Internet. People have made another world called the Internet. However, in this ocean of information, there is private information, which people don't want to leave when they die. The digital funeral director will find information online and delete or save the information at the request of the dead and their family.

I discussed three jobs which will be in demand in the future. First, city farmers who take care of roof gardens. Second, 3d printer repairmen and finally, digital funeral directors who manages information about the dead. I think that these jobs will make our lives more comfortable.

4-1. My role model

Topic: Who is your idol/role model? What are some this person's achievements? What are the qualities that he/she possess that you admire most? Why do you look up to this person?

Role model is very important especially to teenagers. Role model can help teenagers choose their dream or teach how to live life. Nowadays, schools emphasize students' career and their futre job. With the future job chosen, most of the students have their own role model. Role model can be anyone. Celebrities, someone working as their dream job, someone they respect like their teachers. In my case, my role model is my mother. Someone might say why I chose mother as my role model. She's not popular, not rich. She is just a music teacher teaching students at a high school. Nevertheless, I respect her because of a few reasons. She made a group of volunteers with fellow teachers and their family. She has her very own belief. Finally, She always enjoys

To begin with, my mother made a volunteer group with her fellow teachers and their family. I have an older brother who has brain lesion. Mother lost courage at the first but she never gave up and started a students volunteer at her school. After few years of volunteering, mother decided to make a family volunteer group with other teachers. Mother named the group 'Marshmallow family volunteer' inspired from the book 'Don't eat the marshmallow... Yet!'. Marshmallow family volunteer have been visiting the welfare facility for the disabled called 'House of hope' in Gongju once a week for more than five years. I know how difficult it is because I also have been doing volunteer work. My mother also holds events at the house of hope at special days like Children's day, Christmas, and new year. By this volunteering group, I learned how volunteering can change and affect people. So I want to keep doing volunteer works even when I grow up.

Secondly, mother has her firm belief. She believes that

if she never give up and try a little bit harder at the side of the weak, world can be a better place. So she does her best every time and actually becomes the best. As I grew up watching her stands for the weak, I want to work for the rights of the weak peole in the future.

Finally, she always enjoys. When she is busy, she never gets annoyed. She enjoys her life. I think that's why she never gets tired. Also, she certainly does what she has to do. She thinks that life is joyful one and lives the joyful life. I also want to enjoy my life. No matter how I contribute to the world, it means nothing if I regret what I haven't done when I die. I want to live a life full of joy.

Although my mother didn't success much and not that famous, she is enough for me to be my role model. I also want to live like her. I want to volunteer, fight for the weak and enjoy my life. She is always going to be my role model.

4-2. My role model revised

Topic: Who is your idol/role model? What are some this person's achievements? What are the qualities that he/she possess that you admire most? Why do you look up to this person?

Role models ~~is~~are very important especially to teenagers. Role models can help teenagers choose their dreams or teach them how to live life. Nowadays, schools emphasize students' careers and their future jobs. With ~~the~~a future job chosen, most of the students have their own role model. A role model can be anyone. Examples include, celebrities, someone working ~~as~~at their dream job, or someone they respect like ~~their~~a teachers. In my case, my role model is my mother. Some one might ~~say~~ask why I chose my mother as my role model. She's not popular and she's not rich. She is just a high school music teacher.~~teaching students at a highschool.~~ Nevertheless, I respect her. ~~because of a few reasons.~~She has created ~~made~~ a group of volunteers (fellow teachers and their~~family~~families), ~~S~~she has her very own beliefs, and ~~Finally, S~~she always enjoys life.

To begin ~~with, my mother made~~founded a volunteer group with her fellow teachers and their family families. I have an older brother who has a brain lesion. At first my mother lost some of her self-confidence due to my brother's condition ~~courage at the first~~but she never gave up. ~~and~~She eventually started a students volunteer group at her school. After a few years, my mother and some other teachers decided to create ~~make~~a family volunteer group. ~~with other teachers.~~My mother named the group 'Marshmallow Family Volunteer' inspired ~~from~~by the book <u>Don't Eat the Marshmallow... Yet!</u> The Marshmallow Family Volunteer group has have been visiting the welfare facility for the disabled called House of Hope in Gongju once a week for more than five years. ~~I know how difficult it is because I also have been doing volunteer work.~~In addition, my mother ~~also~~holds events at the House of Hope ~~at~~on special ~~days~~holidays like Children's Day, Christmas, and New Year's Day. ~~By~~Through this ~~volunteering~~ group, I have learned how volunteering can change and affect people. As a result, I want to continue volunteering well into my adulthood. ~~So I want to keep doing volunteer works even when I grow up.~~

Secondly, my mother has ~~her~~firm beliefs. She believes that if she never gives up and tries a little bit harder at the side of the weak, the world can be a better place. So, she does her best every time and actually becomes the best. ~~As~~I grew up watching her ~~stands~~up for the weak and she has inspired me to ~~wantto~~become an advocate for the ~~weak peole in the future~~less fortunate.

Finally, she always enjoyslife. ~~When~~Regardless of how busy she is ~~busy~~, she never gets annoyed ~~She enjoys her life.~~and she never gets tired. Also, she certainly does what she has to do. She thinks that life is full of joy ~~one~~ and she lives ~~the joyful~~a fulfilling life. I also want to enjoy my life. No matter how I contribute to the world, it ~~means~~will mean nothing if I regret what I haven't done when I die. I want to live a life full of joy.

Although my mother ~~didn't success much and not that~~ isn't famous, she is ~~enough for me to be~~ my role model. I want to live like her. I want to volunteer, fight for the weak and enjoy my life. She is always going to be my greatest inspiration ~~rolemodel~~.

4-3. My role model rewritten

Topic: Who is your idol/role model? What are some this person's achievements? What are the qualities that he/ she possess that you admire most? Why do you look up to this person?

Role models are very important especially to teenagers. Role models can help teenagers choose their dreams or teach them how to live life. Nowadays, schools emphasize students' careers and their future jobs. With a future job chosen, most of the students have their own role model. A role model can be anyone. Examples include, celebrities, someone working at their dream job, or someone they respect like a teacher. In my case, my role model is my mother. Someone might ask why I chose my mother as my role model. She's not popular and she's not rich. She is just a high school music teacher. Nevertheless, I respect her. She has created a group of volunteers (fellow teachers and their families), she has her very own beliefs, and she always enjoys life.

I have an older brother who has a brain lesion. At first my mother lost some of her self-confidence due to my brother's condition but she never gave up. She eventually started a students volunteer group at her school. After a few years, my mother and some other teachers decided to create a family volunteer group. My mother named the group 'Marshmallow Family Volunteer' inspired by the book Don't Eat the Marshmallow... Yet! The Marshmallow Family Volunteer group has been visiting the welfare facility for the disabled called House of Hope in Gongju once a week for more than five years. In addition, my mother holds events at the House of Hope on special holidays like Children's Day, Christmas, and New Year's Day. Through this volunteer group, I have learned how volunteering can change and affect people. As a result, I want to continue volunteering well into my adulthood.

Secondly, my mother has her firm beliefs. She believes that if she never gives up and tries a little bit harder at the side of the weak, the world can be a better place. So, she does her best every time and actually becomes the best. I grew up watching her stands up for the weak and she has inspired me to become an advocate for the less fortunate.

Finally, she always enjoys life. Regardless of how busy she is busy, she never gets annoyed and she never gets tired. Also, she certainly does what she has to do. She thinks that life is full of joy and she lives a fulfilling life. I also want to enjoy my life. No matter how I contribute to the world, it will mean nothing if I regret what I haven't done when I die. I want to live a life full of joy.

Although my mother isn't famous, she is my role model. I want to live like her. I want to volunteer, fight for the weak and enjoy my life. She is always going to be my greatest inspiration.

5-1. renewable energy

Topic: Discuss three types of renewable energy and discuss why each one is important.

After the Industrial Revolution, mankind has made great developments. People used resources from their former generations like coal and oil. As technology developed and populations increased, human overused resource and as a result, people began to look for renewable energy. There are many kinds of renewable energy such as solar, wind, rain, tides, waves, geothermal heat and bio energy. I think that solar, wind, and bio energy are the most important energies among these. From now on, I 'will explain why I chose these energies.

First of all, these can be generated anywhere around the globe. Although the huge facilities are concentrated in some regions, these energies have no problem for private use. The sun lights everywhere, wind blows everywhere, and there are always leftover and other wastes while, for example, tides and waves energies can only be generated beside the shore.

Secondly, these energies are studied from the early phase of renewable energy projects. The solar energy is being used widely, from lamps to houses since many years ago. It is obvious that wind energy has been used for nearly a thousand years.

Finally, as these energied has been studied from the early stage, they are much familiar to people than other energies. Therefore, these energies can help commercialization of renewable energies.

Recently, people are having more attention to renewable energies. It seems that renewable energy will be commercialized soon. Still, there are many problems. I think as scientists keep studying renewable energy, we should save energy.

5-2. renewable energy rewritten

Topic: Discuss three types of renewable energy and discuss the benefits of renewable energy.

After the Industrial Revolution, mankind has made great developments. People used resources from their former generations like coal and oil. As technology developed and populations increased, humans overused resource s and as a result, people began to look for renewable energy. There are many kinds of renewable energy such as solar, wind, rain, tides, waves, geothermal heat and bio energy. I think that solar, wind, and bio energy are the most important energies among these. I'll explain these three energies and the benefits of using renewable energy

First of all, solar energy is the most common renewable energy. There are two ways to use solar energy, to use light or heat. Solar heat energy is used to boil the water with the heat. The other way to use solar energy is solar light energy which use solar cell. Solar light energy is used from the light for houses to power for satellites. The benefit of solar energy is that it is easily accessible and it lasts long without further maintenance. The reason why is that solar energy has been studied from the early phase of renewable energy projects.

Secondly, wind energy which uses wind turbine to generate power is one of the most promising energies. The biggest benefit of wind energy is that it's eco-friendly. Wind energy is clean and doesn't cause greenhouse effect. Scientists expect wind energy to be the one to replace fossil fuel.

Finally, biofuel is energy from biomass which is made from organisms and by-products such as leftover and animal waste. People make biofuel by burning off biomass. Biofuel is not used much now. However it is expected to be used widely as technology develops and because of it's benefit which reuses waste.

Recently, people are having more attention to renewable energy. Among renewable energy, I think solar, wind and bio energy is the most beneficial energies. If humans keep improving benefits of renewable energy, mankind will be able to solve energy problem soon.

5-3. renewable energy rewritten 2nd version

Topic: Discuss three types of renewable energy and discuss the benefits of renewable energy.

After the Industrial Revolution, mankind has made great developments. People used resources from their former generations like coal and oil. As technology developed and populations increased, humans overused resource s and as a result, people began to look for renewable energy. There are many kinds of renewable energy such as solar, wind, rain, tides, waves, geothermal heat and bio energy. I think that solar, wind, and bio energy are the most important energies among these. I'll explain these three energies and the benefits of using renewable energy.

First of all, solar energy is the most common renewable energy. There are two ways to use solar energy, by light or heat. Solar heat energy is used to boil the water with heat. The other way to use solar energy is through solar light energy which use solar cell. Solar light energy is widely used to light homes and to power satellites. The benefit of solar energy is that it is easily accessible and it lasts long without much maintenance. The reason solar energy is so efficient is because it has been studied from beginning of renewable energy projects.

Secondly, wind energy which uses wind turbines to generate power is one of the most promising energies. The biggest benefit of wind energy is that it's eco-friendly. Wind energy is clean and doesn't contribute to the greenhouse effect. Scientists expect wind energy to replace the use of fossil fuels.

Finally, biofuel is energy from biomasses which is made from organisms and by-products such as organic and animal waste. People make biofuel by burning off biomass. Biofuel is not used much now. However, it is expected to be used widely as technology develops and because it reuses waste.

Recently, people are paying more attention to renewable energy. Among renewable energies, I think solar, wind and bio energy are the most beneficial energies. If humans keep improving technologies relating to renewable energy, mankind will be able to solve energy problem.

5-4. renewable energy rewritten final ver.

> *Topic: Discuss three types of renewable energy and discuss the benefits of renewable energy.*

After the Industrial Revolution, mankind has made great developments. People used resources from their former generations like coal and oil. As technology developed and populations increased, humans overused resource s and as a result, people began to look for renewable energy. There are many kinds of renewable energy such as solar, wind, rain, tides, waves, geothermal heat and bio energy. I think that solar, wind, and bio energy are the most important energies among these. I'll explain these three energies and the benefits of using renewable energy.

First of all, solar energy is the most common renewable energy. There are two ways to use solar energy, by light or heat. Solar heat energy is used to boil the water with heat. The other way to use solar energy is through solar light energy which use solar cell. Solar light energy is widely used to light homes and to power satellites. The benefit of solar energy is that it is easily accessible and it lasts long without much maintenance. The reason solar energy is so efficient is because it has been studied since 1839

Secondly, wind energy which uses wind turbines to generate power is one of the most promising energies. The biggest benefit of wind energy is that it's eco-friendly. Wind energy is clean and doesn't contribute to the greenhouse effect. Scientists expect wind energy to replace the use of fossil fuels.

Finally, biofuel is energy from biomasses which is made from organisms and by-products such as organic and animal waste. People make biofuel by burning off biomass. Biofuel is not used much now. However, it is expected to be used widely as technology develops and because it reuses waste.

Recently, people are paying more attention to renewable energy. Among renewable energies, I think solar, wind and bio energy are the most beneficial energies. If humans keep improving technologies relating to renewable energy, mankind will be able to solve energy problem.

6. teen culture

Teen culture is often a predictor of how society will change in the near future. Describe three issues or things that are important to Korean teenagers that might change Korean culture or young adults in the future.

Teenagers always had their own cultures and it often represents youth. Although some might change, most of the teen cultures become the culture of the older generation, and the new teen cultures are made. Teen cultures have potential to be more than a culture and it starts from the things that are most important to teenagers. In the Information-oriented age, develop of internet and increase of the standard of living in korea is the background of things that are important to teenagers. The most important things to the Korean teenagers are communication through Social Network Service, their leisure and hobbies and finally globalization.

First, communication through Social network service, so called SNS is one of the most important things.

Internet developed fast in Korea from the late 1900s, and with the appearance of the smart phone, people could share their news at anywhere. Before the smart phone, Korean SNS was very restricted with mini website called Cyworld. Now, people use all the SNSs they can use like Twitter, Facebook and Kakao Story. And not far from now, almost every generation in Korea will use SNS.

Second, leisure and hobby is important to teen. For the older generation, their life was hard so they had to work and study hard and they had no time for themselves. As a result, Korea became economically powerful country, therefore, the standard of living also increased. Now people start to think about their leisure, especially from teenagers. Teenagers have more time compared to adults so they have more various hobbies. When these teenagers become adults, 'kidult' culture will be more common.

Finally, globalization helped teenagers to think bigger. Nowadays, more and more Korean teeagers study abroad. The more students study abroad the faster the society becomes global. Following this, when teenagers now become older generation, Korea will completely be a globalized country, not a single-race nation.

Teen cultures now can change the whole culture upside down. There is a saying in Korea : 10 years can change the mountains and rivers. 10 year is also a cycle of a new teen culture. So teenagers must be careful that this culture now not to be harmful to society.

우리 모두의 아들 재한이에게!

옥룡동 동네, 소망공동체 식구, 마시멜로우 선생님 우리 모두의 아들이 이제 세계를 향해 큰 걸음을 떼려는 순간이구나! 장하다!

어릴 때부터 경덕이를 형님으로 부르던 재한아! 심지가 곧고 생각이 어른스러워서 때론 애어른처럼 생뚱맞던 우리 모두의 아들, 그때부터 우리는 알았지. 너는 분명 큰 인물이 될 거라는 걸. 너의 크고 깊은 사랑이 지금의 너를 만들었고, 너를 이끌어 간다고 우린 믿는다. 남의 눈을 의식하는 겉껍데기의 얄팍한 사람이 아니라, 형님의 장애를 보듬고 아픔을 나누려는 깊은 마음씨의 재한이가 너무 아름다웠단다.

그러나 그 길이 쉬운 길이 아니기에 한편 안쓰럽기도 하구나.

주어진 박수갈채의 평탄한 길이 아니라, 어렵고, 새롭게 뚫고 개척해야만 하는 길이기에 말이다. 쉬운 길로, 그냥 남들이 하는 대로, 한쪽 눈 감고 대충 살라고 말리고 싶기도 하지만, 그러기엔 재한이의 품이 너무 크고 뜻이 높기에, 또 세상 사람이 모두 쫓아가는 그 길엔 개인의 부귀영화는 있을 수 있지만, 세상의 희망이 없음을 알기에 예수님의 가신 길을 생각하며 재한이를 세운다. 가시밭길일 수도 있지만, 그 길의 끝자락은 세상 어려운 이들의 희망의 길이기에, 영광의 길에 재한이를 보낸다.

그동안, 우리가 활동한 봉사동아리 이름을 '마시멜로우'라고 지은 것처럼 현재의 나에게 실망하거나 포기하지 않고 다시 일어나기 위해 재한이의 삶을 재한이의 이야기로 써 나아가거라. 당장 눈앞에 보이는 것에 현혹되지 말고, 내가 이룩할 행복한 세상과 아름다운 사회를 그려 가며 묵묵히 갈 수 있는 사람, 그가 조나단이고 재한이어라. 때론 성적이 오르지 않아 괴로울 때, 친구나 선생님이 이해해 주지 않아 괴로울 때, 내 뜻을 세상이 몰라줄 때, 마시멜로우를 너에게 힘을 주고 등을 도닥이는 친구와 선생님으로 만들거라. 힘들 때도 웃을 수 있는 것은 내가 도달하고픈 꿈과 미래가 보이기 때문이다. 소처럼 뚜벅뚜벅 걷다보면 조나단 처럼 찰리에게 행복한 미래로 안내할 수 있는 내 자신이 되어있으리라는 확신을 갖고 살거라.

소망공동체에서 장애인, 비장애인이 서로 도우며 살아가는 모습을 보며 우린 많은 것을 배웠지. 세상 사람은 모두 서로 다르며, 정도의 차이는 있지만 모두 장애인이고, 부족한 부분을 서로 도와 가며 살아가는 존재임을, 장애인들도 각자의 역할을 수행함으로써 귀하고 가치 있는 존재임을, 우리 사회도 이렇게 변해야 된다고 생각했었지. 경덕이와 같이 있을 때, 소망공동체 식구들에게 시내 체험을 시킬 때 이상한 눈길로 쳐다보던 시선들은 우리 사회의 장애인에 대한 인식의 수준이고 장애가족의 아픔이지만, 그냥 못 본 체 지나칠 수 없음은, 그곳엔 미래가 없기 때문이었지. 교육과 제도 개혁을 통해 장애인에 대한 인식을 바로잡고, 내일이 없이 고통을 겪고 있는 수많은 아이들의 인권을 위해, 또 그 가족들에게 행복한 내일을 안겨다 줄 수 있는 환경과 인식의 변화를 이룩하고자 하는 커다란 자신의 꿈을 위해 최선을 다하는 진정한 리더로서 존경받는 실력과 인품을 갖춘 사람이 되거라.

작은 것에 충실한 반기문 유엔사무총장님의 생활 모습에서 재한이도 어려운 일에 자원하여 웃음으로 할 수 있게 되길 바란다.

실력이 부족한 일에도 제일 열심히 뛰거라.

작고 낮은 자에게 먼저 다가가 손 내미는 따뜻한 사람이 되어라.

승진하면서도 시기보다 격려를 받을 수 있는 삶의 모습을 부러워하거라.

작은 인연을 소중히 하고 배려하는 삶의 자세를 실천하려고 노력하거라.

나를 낮추고 남을 배려하는 진심으로 베푼 모든 선한 행동은 세상을 변화시킬 수 있다는 진리를 재한이의 삶에 적용하며 살거라.

세상을 아름답게 변화시키는 진정한 리더로 우뚝 서거라!

2014년 끝자락에

현정효 선생님이